O FRACASSO DA DEMOCRACIA NO BRASIL

XICO GRAZIANO

O FRACASSO DA DEMOCRACIA NO BRASIL

Autor: Xico Graziano

Diretor Almedina Brasil: Rodrigo Mentz
Editor de Ciências Sociais e Humanas: Marco Pace

Revisão: Marian Gabani
Diagramação: Almedina
Design de Capa: Leandro Catapam

ISBN: 9786586618228
Novembro, 2020

Dados Internacionais de Catalogação na Publicação (CIP)
(Câmara Brasileira do Livro, SP, Brasil)

Graziano, Xico
O fracasso da democracia no Brasil / Xico Graziano.
São Paulo: Almedina, 2020.

Bibliografia.
ISBN 978-65-86618-22-8

1. Brasil – Política e governo 2. Democracia
3. Democracia – Brasil 4. Políticos – Brasil
I. Título.

20-44986 CDD-321.8

Índices para catálogo sistemático:

1. Democracia: Ciência política 321.8

Cibele Maria Dias – Bibliotecária – CRB-8/9427

Este livro segue as regras do novo Acordo Ortográfico da Língua Portuguesa (1990).

Editora: Almedina Brasil
Rua José Maria Lisboa, 860, Conj. 131 e 132, Jardim Paulista | 01423-001 São Paulo | Brasil
editora@almedina.com.br
www.almedina.com.br

O FRACASSO DA DEMOCRACIA NO BRASIL

XICO GRAZIANO

70

PREFÁCIO

RESISTIR É PRECISO

Xico Graziano é um sem-vergonha. Este é um aviso necessário a quem se aventura a começar a leitura deste livro, que reúne textos de um político que, de fato, não tem o mínimo pudor em contar suas aventuras e, mais do que estas, suas desventuras num universo de traição, desprezo, corrupção e despreparo. É bom avisar de uma vez, porque esta é a posição mais lúcida e mais sensata que qualquer brasileiro com vergonha na cara pode assumir. No Brasil de hoje, em que a política é um ringue entre inimigos inconciliáveis que se propõem ao desforço físico com qualquer um de quem ouse discordar, só há mesmo duas posições a defender: ou bem o sujeito não tem vergonha das posições que assumiu ou, caso contrário, não tem nenhum caráter.

Conheci o autor dos textos selecionados para este livro quando ele era uma espécie de *alter ego* rural do sociólogo urbano Fernando Henrique Cardoso, posto na esdrúxula posição de senador por obra e graça de uma esquisitice da ditadura militar, a sublegenda. Saiu para perder. E saiu ganhando. Perdeu para o correligionário Franco Montoro. Quatro anos depois, começava a tal da abertura de Geisel, Golbery e Figueiredo, o ex-democrata cristão foi eleito governador do maior Estado da Federação e o professor da USP terminou aboletado numa das três vagas de São Paulo no Senado. Parte desta derrota triunfante deveu ao aliado Luiz Inácio Lula da Silva, que subiu no seu palanque e também ficou ao lado dele no festival cívico-musical das Diretas Já. Com o meio mandato conquistado chegando ao fim, o fundador do Partido da Social Democracia Brasileira (PSDB) podia sonhar, no máximo, com um rebaixamento para a Casa ao lado, a Câmara dos Deputados. Consagrado pelo Plano Real, foi direto para o Palácio do Planalto. E Xico com ele. Agrônomo, escritor estiloso, tonou-se unha e carne do mestre-escola. Hoje se sabe que a democracia brasileira pós--Constituição de 1988 começou a morrer com a autorização para o presidente de plantão se reeleger, um pecado mortal que pareceu uma bênção até para exegetas imodestos, como o autor deste prefácio. Os dois acadêmicos purgaram o segundo mandato como se fosse uma pena, e o Estado de Direito curiboca espatifou-se, vitimado pela volúpia por poder, glória e fortuna de um bando de gatunos sôfregos, que não conseguiram levar a Petrobrás à falência, mas afundaram o sonho dos democratas numa fossa de material orgânico podre, fedorento e venenoso. Fernando Henrique mergulhou num poço fundo de oblívio, incapaz de entender o que acontecia: liderou a maior revolução social da História do País e abriu o caminho para uma súcia de oportunistas vagabundos e vorazes, que devoraram tudo o que encontravam à frente, como uma nuvem de gafanhotos insaciáveis e cínicos.

Xico não caiu na lorota do socialismo da distribuição do venha a nós, ao vosso reino, nada. E ficou ao lado de quase 58 milhões de brasileiros que enxergaram no capitão de milícias Jair Bolsonaro a via única para impor uma quarentena de derrotas eleitorais aos patronos das mãos sujas, não mais de graxa dos tempos românticos do sindicalismo metalúrgico, mas da mais nauseabunda moeda lavada. Em plena era do Google e da Wikipedia, esses brasileiros probos e sem amparo não perceberam as evidências de que a direita armamentista, terraplanista, anticientífica, ignorantista, feroz e cruel não podia ser a redenção para o cinismo das firulas socialistas de corruptos deslumbrados da esquerda embriagada pelas ilusões do determinismo científico da luta social revolucionária. Quem não caiu na lorota em que Xico caiu que atire a primeira pedra. Não serei eu.

O Brasil sempre foi o paraíso dos demagogos que pactuam o butim do furto do suor e do sangue do povo. E eles sempre usaram a fúria dos prosélitos que lutam por causas perversas de pastores de rebanhos de hienas. Jair Bolsonaro é um espertalhão que apostou no ódio à inteligência, já que a própria burrice é um meio de vida que já foi praticado com sucesso por muitos outros e, depois que ele morrer e for enterrado, muitos o sucederão nesse mister. O retumbante fracasso dos autores deste livro e deste prefácio não é motivo para nos envergonharmos. Nós sabíamos quem era o mau militar (*apud* Ernesto Geisel) incapaz de ser um mero major (segundo Leônidas Pires Gonçalves), inclusive por ser capaz das mais indecentes vilezas. A cafajestice dos dedinhos imitando armas de fogo, autoatestado de covardia e desumanidade, fala por si.

Mas quem votou nele caindo nas fantasias do combate à corrupção e da economia liberal teve a boa intenção de acreditar no direito à conversão e na vitória do bem sobre o mal, ilusão inoculada por religiões, filosofias, poesia, literatura e até mesmo História e Ciência ao longo de séculos de autoengano. Não se pode dizer que Xico foi tonto ao apostar no improvável. Até o improvável, na melhor das hipóteses, pode não ser impossível. Bolsonaro voltou ao baixo clero, aos companheiros de antanho do Centrão, aos milicianos fingindo-se de protetores das comunidades mais assoladas pela desassistência do Estado do que pelo flagelo do crime organizado. A leitura destes textos desesperados e indignados será útil a qualquer um que queira se manter vivo e útil esperando que o vagalume que sai do túnel pode não ser a composição ferroviária sem freio na nossa direção. A lucidez é terrível, mas quem dispõe dela, como Xico, não pode abrir mão dos males que não prevê nem dos bens que pode trazer.

JOSÉ NÊUMANNE

SUMÁRIO

PRIMEIRA PARTE

POR QUE ACREDITO QUE A DEMOCRACIA FRACASSOU NO BRASIL

FATO 1

2 de junho de 2020

Brasil registra recorde de 1.262 mortes por Covid-19.

"A gente lamenta todos os mortos. Mas é o destino de todo mundo".

A insensibilidade de Jair Bolsonaro, demonstrada ao dialogar com seus próprios apoiadores na portaria do palácio da Alvorada, estarreceu a nação. Logo no começo da epidemia, de forma brincalhona, ele havia dito que se tratava de uma "gripezinha". E não parou mais de fazer chacota, uma atrás da outra.

Como podemos ter escolhido um presidente da República tão insensível, quase desumano?

FATO 2

2 de junho de 2020

O governo federal nomeou Marcelo Lopes da Ponte, ex-chefe de gabinete do senador Ciro Nogueira (PP-PI), para a presidência do FNDE (Fundo Nacional de Desenvolvimento da Educação).

Notícia apavorante. Cargo dessa importância jamais poderia ser ocupado por um apadrinhado político, indicado por notórios salafrários. Várias outras nomeações — na Funasa, na FDE, e até a recriação de um ministério, o das Comunicações — atestam que espaços relevantes da administração pública, com pesados orçamentos, passaram a ser dominados pelo que existe de pior na política.

Por que Jair Bolsonaro, eleito para, exatamente, enfrentar essa picaretagem da política nacional, curvou-se ao Centrão?

FATO 3

2 de junho de 2020

“Complacência ou idiotia?”, um artigo de Zander Navarro, publicado no site Poder360, chamou minha atenção.

Os brasileiros têm sido levados a aceitar, e o fazem passivamente, uma terrível deterioração do sistema político. Eleição após eleição acredita-se que haverá renovação, mas as coisas só pioram, e nada acontece de fato.

Por complacência de um povo generoso ou por uma maldita idiotia, inconsciente na mente coletiva, estamos nos afundando na lama malcheirosa da política. Brigamos entre nós mais do que deveríamos, enquanto os abutres espertamente espiam para recolher seus nacos.

Por que a democracia brasileira se deteriorou?

FIO DA MEADA

Vou contar a minha própria história. E ela é simples. Rompi com o PSDB, partido que ajudei a fundar, para apoiar a candidatura de Jair Bolsonaro. Para mim, naquele momento, inexistia outra saída. Ou apoiávamos o capitão ou a quadrilha vermelha retornaria ao poder. E o Mecanismo se fortaleceria.

Esses três fatos aconteceram no mesmo dia em que comecei a escrever esta história. Todos eles têm o mesmo fio da meada e podem ser alinhavados por um simples adjetivo: decepção. Após décadas, a democracia brasileira, tão esperançosa, desaguou em uma agonia.

Não me refiro ao fato específico da eleição de Jair Bolsonaro. A grande tragédia que nos acomete, e nos meteu em uma encruzilhada escura, chama-se fracasso.

Fracasso. Esse é o nome da democracia no Brasil.

Vou contar a minha própria história. E ela é simples. Rompi com o PSDB, partido que ajudei a fundar, para apoiar a candidatura de Jair Bolsonaro. Para mim, naquele momento, inexistia outra saída. Ou apoiávamos o capitão ou a quadrilha vermelha retornaria ao poder. E o Mecanismo se fortaleceria.

Não estou arrependido de minha decisão. Encontro-me, isso sim, profundamente decepcionado. Nada do que eu imaginava, do restabelecimento da moral política, do retorno ao caminho do desenvolvimento, aconteceu. Desencantei-me com Bolsonaro e com a política.

Para mim, a democracia brasileira vive num beco sem saída.

O FRACASSO DA DEMOCRACIA NO BRASIL

I.

Eu estava lá.

Ocupei elevados cargos na estrutura do poder, federal e estadual. Fui chefe de gabinete do presidente da República. Fui deputado federal por seis anos. Fui secretário de estado por duas vezes. Eu sei o que se passa nos intestinos da política nacional.

Dessa experiência nasceu minha ousadia em escrever este livro. Terei facilidade em expor uma história da qual, ativamente, participei. No fundo, e, para ser sincero, meu texto expressa também o meu próprio fracasso como político, porque, reconheço, minha carreira naufragou junto com o mergulho obscuro da democracia brasileira.

Não é fácil ser deputado e querer defender causas públicas quando o Congresso se envereda pela discussão comezinha e interesseira. Ou, mais difícil ainda, procurar discutir problemas sociais e econômicos quando os eleitores, muitos seus amigos, só pedem favores pessoais.

Em 2006, desgostoso das brigas partidárias internas e sem dinheiro para enfrentar a campanha eleitoral, acovardei-me frente às urnas. Naquele momento já rolava nos jornais o papo dos mercenários no Mensalão, e eu tinha vergonha de dizer, em certas rodas, que era deputado federal. Lembro-me que, acabrunhado, até escondia meu broche de lapela, para não ser identificado.

Simplesmente, desisti da vida de político.

II.

Desistir causa um contratempo. Sabem todos que em política não existe vácuo. Todas as vezes que nela se abre uma brecha, o espaço é celeremente ocupado por alguém. Dessas horas se valem os oportunistas para avançar. Políticos profissionais, aqueles que vivem dessa atividade, tendem a se fortalecer quando os "amadores", como era o meu caso, retornam aos seus espaços de trabalho.

Nada, porém, demoveu-me da decisão de abandonar a política partidária.

Preparava-me para retornar às minhas atividades profissionais, agronômicas, digamos, quando o José Serra, que se elegera nas eleições de 2006 governador de São Paulo, convidou-me para chefiar a Secretaria de Meio Ambiente do estado. Voltei, assim, logo que entreguei meu mandato de deputado, ao exercício do trabalho público.

Naturalmente, envolvi-me com a agenda da política, porém de forma distinta. Até deixar o governo estadual em 2010.

Durante o período em que exerci função pública, e foram mais de vinte anos, testemunhei muitas coisas, boas e más, fatos importantes que fazem parte dessa história sobre a democracia. Uma história que começou promissora, logo após a redemocratização do país. Tudo parecia um alegre sonho, aquela esperança de ver o país progredir.

Depois, começaram a chegar os pesadelos.

III.

Julgo quase uma obrigação cívica vomitar o nojo que peguei pela política partidária, e a amargura pela política em geral. Daí minha disposição em mostrar certas coisas, ajudar a entender os porquês da desvirtuação do regime democrático no Brasil, que trocou as virtudes da liberdade e da participação popular por manobras obscuras, organizadas pelos piores salafrários.

Começo falando da minha antiga casa, o PSDB. Tirando aquela fase inicial, romântica, da fundação do partido, minha acomodação dentro dele sempre foi difícil. Eu era um "fernandista", chefiava o escritório do então senador Fernando Henrique em São Paulo. Os "covistas", ligados a Mário Covas, não gostavam muito de nós. E vice-versa. Havia um atrito meio idiota na social-democracia brasileira entre, de um lado, os "intelectuais", e, de outro, os "engenheiros".

Esse embate se amainou com as vitórias tucanas nas eleições de 1994 e 1998. Mário Covas virou governador de São Paulo, Fernando Henrique se tornou presidente da República. Galgando o poder, tudo se dissimula nas disputas partidárias. O poder encanta, envolve, esconde. Esse enorme aprendizado político, com seus lados positivo e negativo, é que esmiuçarei a seguir nesta crônica sobre o sistema político brasileiro.

Minhas intenções são as melhores. Mas vai doer.

IV.

O PSDB não escapou da desgraça que destruiu a democracia no Brasil. Passados uns anos de euforia e inocência, o partido também começou a chafurdar na corrupção e a praticar o fisiologismo político tanto quanto os demais. Em alguns estados da Federação, em muitas prefeituras, os gestores tucanos deixavam a desejar. Para falar o mínimo.

Seriam reveladoras, se eu contasse, e se alguém ouvisse, as conversas que mantive, por anos, com Fernando Henrique, sobre a degeneração política do PSDB. Ninguém testemunhou mais a degringolada da social-democracia que seu líder maior. Fernando Henrique, em certo sentido, fez o que pôde para evitar o apodrecimento tucano, mas, verdade seja exposta, ele não tinha força para mudar nada de substancial dentro do PSDB.

Tratado como líder, reverenciado por fora, era boicotado constantemente pelos demais, incluindo o trio da maldição tucana: Serra, Alckmin e Aécio. Dos maiorais, apenas Tasso Jereissati o defendia. Sem nenhuma consequência.

O jogo do poder, dentro do PSDB, era atroz. O partido dedicava todo o seu tempo nas brigas intestinas, protagonizadas pela trinca maldita, líderes que se odeiam entre si. Alianças se buscavam, não com os eleitores, mas para fortalecer a vantagem de um contra outro. E o partido foi se afundando nessa ridícula e deletéria disputa de egos e pretensões e posições.

O que aconteceu com o PSDB, vejam bem, era a regra que dominava o sistema partidário, logo após o período inicial pós-redemocratização. Em uma sociedade sob rápidas mudanças, influenciadas pela prevalência da era digital, os partidos foram se fechando sobre seu umbigo e perdendo suas conexões populares. Com o tempo, distanciaram-se da sociedade.

Os partidos envelheceram.

V.

Ofereço aqui um depoimento de quem acompanhou o processo da redemocratização do país, e com ele se frustrou. Não se trata, portanto, de um ensaio teórico ou de uma discussão acadêmica sobre a democracia e seus rumos. Não tenho essa pretensão. Não sou cientista político ou filósofo. Muito menos erudito.

Quero tão somente expor minha vivência, compartilhar conhecimento político. Ao narrar os fatos sem subterfúgios, suponho que deles tiremos alguma sabedoria, no mínimo a de não repetir os mesmos erros. Tenho dúvidas, sinceramente, de que seremos capazes sequer disso.

Nós sempre acreditamos que as coisas irão melhorar, que haverá uma renovação, que a transparência, agora tudo na internet, selecionará os políticos mais comprometidos e sérios, que os populistas serão desmascarados. Mas, a cada eleição, somente pioram.

Por isso, cresce o desencanto com a democracia representativa. Aquilo que, lá atrás, prometeram para a minha geração não vingou. A ditadura caiu, o país até que melhorou, mas a sem-vergonhice política cresceu sem parar. E a desgraça se instalou. Faz uma década que estamos perdidos na estagnação econômica, milhões de desempregados, vendo o Estado falido. Apodrecendo na corrupção.

VI.

Lembro-me de Franco Montoro, um dos baluartes da redemocratização, pregando a participação popular em sua inesquecível campanha de 1982, para o governo de São Paulo. Eu tinha 29 anos.

Os rigores da ditadura militar haviam aterrorizado os jovens, militantes de movimentos universitários, como eu, por uma década. Muitos, um pouco mais velhos que nós, foram torturados e alguns morreram nos porões da repressão. Nós sonhávamos com as liberdades democráticas como se elas, por si só, fossem capazes de resolver todas as mazelas sociais e econômicas do país.

Sem liberdade não há progresso, gritávamos.

Entramos triunfantes para o governo de Montoro. Em Minas Gerais, Tancredo Neves vencera; no Paraná, José Richa assumiu; no Rio de Janeiro, Leonel Brizola empolgara; no Rio Grande do Sul, Pedro Simon ganhou. Uma leva de extraordinários políticos, combatentes do regime autoritário, passou a comandar espaços importantes da Federação.

Aquelas eleições foram uma festa da democracia. Mas em Brasília ainda mandavam os generais. Um deles, o brucutu João Figueiredo, presidia o país. Até que, em 1985, através do Colégio Eleitoral, pois não vieram as sonhadas eleições diretas, o Congresso Nacional elege Tancredo Neves para a presidência da República.

Chegara a hora de o Brasil resgatar seu passado e construir seu futuro.

Deu tudo errado. Adoentado, Tancredo Neves faleceu antes mesmo de tomar posse. Assumiu José Sarney, seu vice.

Aí começou nossa desgraça.

VII.

Não me parece que os acontecimentos políticos, ou quaisquer outros na sociedade, ou na nossa vida, explicam-se tão somente pelos fatores da racionalidade. Quero dizer, existem sortes e azares, coincidências ou desgraças, acidentes de percurso, sintonias e milagres, a mão do destino, ou do divino, como quer que se as denominem, razões que alteram a ordem das coisas conforme eram esperadas.

Assim vejo, no trajeto de nossa democracia, a morte de Tancredo Neves. Quanta esperança se derreteu naquele enterro, que passou as rédeas do país, num momento crucial, para um político de poucas credenciais, recém-desembarcado do regime militar. Jamais o oligarca Sarney conseguiria erigir um futuro inovador para o Brasil.

Foi um azar da história.

Durante quatro anos o país capengou, indo e vindo, batendo cabeça entre os progressistas e os conservadores, entre os idealistas e os oportunistas, entre os novatos e os antigos, até que, na primeira eleição direta para a Presidência da República, realizada em 1989, após 29 anos daquela que elegeu Jânio Quadros e, na Vice-Presidência, Jango, o povo elege um desvairado, intitulado "caçador de marajás", para lhe comandar. Seu nome é Fernando Collor.

Houve uma desculpa. O concorrente do então governador alagoano, no segundo turno, tinha sido Luís Inácio Lula da Silva. Sim, o próprio. Lula quase se elegeu, perdendo no segundo turno por uma jogada de marketing patrocinada pela TV Globo, que editou de forma maliciosa trechos do debate entre os candidatos na semana crucial antes da votação.

Nós, do PSDB, apoiamos Mário Covas, que fizera nome nacional como prefeito de São Paulo. Um discurso por ele pronunciado sobre a necessidade de um "choque de capitalismo" no país tivera grande repercussão, tornando-o competitivo. Mas fora insuficiente para agregar o grande eleitorado. Empacou no quarto lugar.

No segundo turno não tive coragem de votar nem em Collor nem em Lula. Preferi a abstenção.

VIII.

Pensando hoje, tantos anos após, e depois de tudo o que ocorreu no país, talvez tivesse sido melhor se Lula se elegesse naquela época, logo ao iniciar a Nova República. Falo sério. Se a esquerda petista assumisse o poder naquele momento, todas as ilusões alimentadas durante a jornada da redemocratização cairiam em seu colo. E se teriam ido embora mais cedo, abaixando a bola das expectativas da esquerda. O Brasil colocaria, depois, talvez, o pé firme na realidade.

Deu, porém, no que deu. E acabou rápido.

O fantasma da corrupção, capitaneada por um tal de Paulo César Farias, tesoureiro da campanha presidencial de Collor, misturou-se com grossos equívocos na política econômica do governo, conduzida por Zélia Cardoso de Melo. Foi quando nos sequestraram os ativos financeiros, e a poupança junto, com o intuito de dar um tiro mortal na inflação. Erraram feio o alvo.

As trapalhadas do alagoano levaram a que, menos de dois anos depois de empossado, seu processo de impeachment andasse no Congresso. Em nome do "daqui ninguém me tira", Collor renunciou, saindo pelas portas do fundo para que seu vice, Itamar Franco, entrasse pela frente do Palácio do Planalto.

O intempestivo e topetudo mineiro chegou propondo uma conciliação nacional, formando um governo de transição que a todos agradou.

Menos ao PT de Lula.

IX.

Eu conheci o poder em Brasília durante o governo Sarney. Meu grande amigo José Eduardo Raduan fora convidado por Marcos Freire, que iria assumir o Ministério da Reforma Agrária, para ser presidente nacional do Incra. Acabei seguindo junto para a capital federal, como seu chefe de gabinete.

Foram apenas 2 meses de experiência. Um acidente aéreo, ocorrido no aeroporto de Carajás, no Pará, em 7 de setembro de 1987, matou o ministro e o presidente do Incra. Naquele período, intensíssimo em emoções e trabalho, comecei a entender como funcionavam os bastidores da República, pois eu lidava diretamente com um dos temas mais delicados da agenda do país: a reforma agrária.

Descobri na pele a complexidade política que envolvia as desapropriações de terras, um ponto chave nas negociações agrárias. Interesses poderosos se movimentam nisso, uns querendo ser desapropriados e receber boas indenizações públicas, outros querendo, ao contrário, fugir da auditoria fundiária, escondendo picaretagens nas propriedades rurais.

No pano de fundo, a grilagem de terras.

Percebi, bem ingênuo ainda que era, que os superintendentes do Incra nos estados eram cargos cobiçados pelos políticos regionais, exatamente por permitirem fazer "bons negócios". Regra geral, já durante os governos militares se formou uma rede poderosa de influências dentro do Incra, que dava as rédeas nos projetos de colonização rural realizados na Amazônia, especialmente.

Senadores e deputados federais nos tratavam muito bem, e o próprio Sarney gostava desse assunto, tanto quanto Jader Barbalho, do Pará, e Carlos Bezerra, do Mato Grosso, dos políticos de que mais me lembro. O assunto envolvia também a negociação no mercado paralelo de TDAs, os títulos da dívida agrária, um negócio cabeludo.

Enquanto a opinião pública debatia a necessidade histórica e a justeza, ou não, da reforma agrária, Raduan e eu rebolávamos driblando os mercadores de terras.

Apadrinhados por grandes políticos.

X.

A Tragédia da Terra é o título do meu livro que conta parte dessa história, entremeada com minha tese de doutorado, apresentada na Escola de Administração da FGV/SP. Minhas reflexões acadêmicas se centravam nas deformações do processo da reforma agrária, e não no mundo da política. Nem tive tempo de entender todo aquele jogo de interesses.

Soube o suficiente para descobrir como se movia o poder.

Defendida em 1989, minha tese representou o momento em que rompi com o pensamento clássico da esquerda agrária. A modernização tecnológica e capitalista da agricultura havia avançado, começando a transformar os antigos latifúndios em fazendas produtivas.

Por essa razão, o processo de desapropriação de terras para fins de reforma agrária se tornou extremamente tumultuado. As vistorias técnicas realizadas em campo, a exemplo de várias que eu próprio realizei, no Bico do Papagaio, perto de Imperatriz, Maranhão, e em Tangará da Serra, Mato Grosso, atestavam índices de produtividade acima do mínimo exigido, caracterizando empresas rurais, não mais terras improdutivas.

Por razões ideológicas, como sói acontecer, a esquerda, principalmente aquela ligada à Igreja Católica, acolhida dentro do PT, continuou bradando contra o latifúndio. Lutavam contra uma ilusão, como se, à semelhança de Dom Quixote, enfrentassem moinhos de vento.

Eu passei a defender a modernização tecnológica do agro, e dizia que fiscalizar as relações de trabalho no campo eram ações mais importantes que distribuir terras e criar favelas rurais. Essa minha posição me custou a expulsão da Associação Brasileira de Reforma Agrária.

Foi um livramento.

XI.

Quase todos nós que lutamos pela redemocratização do país professávamos a fé socialista, em maior ou menor grau, mesmo sem saber ao certo o que significava tal sistema, implantado na União Soviética. Ser "de esquerda" era uma marca da minha geração, embora naquele tempo menos se utilizasse dessa categorização — esquerda e direita — como hoje em dia se faz.

Nem sei direito explicar, mas minha juventude estava muito influenciada pelos intelectuais e políticos que forçaram a barra no período presidencial de Jango, após a renúncia de Jânio Quadros, defendendo as "reformas de base". Naquela época, as reformas eram colocadas como uma necessidade imperiosa do desenvolvimento nacional. Diziam que, sem elas, o país não sairia do lugar.

Permaneceria na pobreza e na injustiça social.

Só que o movimento em favor das tais reformas de Jango indicava uma ruptura, uma virada no rumo de um nacionalismo autônomo, um tipo de socialismo latino-americano cuja viabilidade se desconhecia. Guardadas as proporções, o janguismo se assemelhava ao chavismo venezuelano dos tempos atuais.

Existiam palavras de ordem, como sempre. Quem se julgava inteligente e metido tinha que ser "contra o imperialismo e o latifúndio".

Ser contra o imperialismo significava, óbvio, ser contra os EUA, e, naturalmente, ter simpatia pelo comunismo soviético; combater o latifúndio, por sua vez, exigia defender a reforma agrária, para distribuir as terras do país aos camponeses e trabalhadores rurais. A fórmula fora gerada em Cuba, o centro das aspirações socialistas na América Latina.

O Chile, o Peru, a Bolívia, vários países seguiram essa linha. Parecia em marcha uma "revolução latino-americana", baseada em uma suposta aliança entre os camponeses e os operários. O sonho, um verdadeiro desvario, acabou com a chegada dos militares: Castelo Branco, no Brasil (1964); Barrientos, na Bolívia (1964); Alvarado, no Peru (1968); Pinochet, no Chile (1973). Uma onda militarista reagiu e varreu o continente reprimindo a esquerda, atacando principalmente aqueles grupos radicais que defendiam, com armas e ações terroristas, a revolução vermelha.

Vieram os chamados anos de chumbo.

XII.

Eu passei a fase brava da ditadura, entre 1969 e 1974, na Universidade de São Paulo (USP), estudando agronomia na Esalq, em Piracicaba. Ter liberdade — para falar, se reunir, protestar, escrever — sem ser repreendido, ou ameaçado e preso, por agentes ou simpatizantes do regime militar, era nossa maior aspiração. "Liberdades democráticas" era nosso chavão.

A imprensa vivia censurada, as comunicações controladas.

Nós acreditávamos que, derrubada a ditadura, o país entraria para o reino da felicidade geral e irrestrita. A liberdade propiciaria a igualdade, e o desenvolvimento, do ponto de vista econômico, social e cultural, viria como consequência da democratização. A receita do progresso, material e humano, era bem simples.

Quem é da minha geração, mesmo não tendo sido militante de movimentos universitários, lembra-se desse Éden prometido. A democracia era vendida como panaceia, boa contra todos os males.

Não funcionou.

XIII.

O Brasil sofreu, amargamente, quase uma década, já com os civis no poder, até encontrar um caminho para seu futuro. Os militares voltaram aos quartéis, mas a economia andava mal das pernas. Na fase inicial da Nova República, o grande inimigo da democracia foi a inflação, herdada do período militar e avançando sem trégua.

O dragão inflacionário impedia subsistir qualquer arranjo de estabilidade econômica e distribuição de renda. Os rentistas nele viviam montados, felizes com seus ganhos na ciranda financeira. Os pobres e a classe média sofriam as duras consequências da corrosão do poder de compra dos salários. A "carestia", cruel durante a urbanização acelerada, apavorava o país.

Tudo mudou com a chegada do Plano Real, iniciado em fevereiro de 1994. Fernando Henrique Cardoso, amparado inicialmente no Ministério da Fazenda por seu amigo Itamar Franco, depois já exercendo o poder presidencial, conseguiu dar um rumo ao país através da estabilização da economia.

É curioso. Um sociólogo consertou a economia do Brasil.

Iniciada pela venda da Vale do Rio Doce e da Companhia Siderúrgica Nacional (CSN), com Itamar ainda na presidência da República, a privatização de empresas estatais se acelerou, atingindo o setor de telecomunicações. Sob o comando de Sérgio Mota, homem forte do governo FHC, todas as empresas estatais de telefonia, como a Telesp, de São Paulo, foram vendidas ao capital privado.

Entramos na era do celular.

Como a Constituição de 1988 estava sendo detalhada por leis complementares aprovadas no Congresso, estabeleceram-se no governo de FHC marcos importantes em várias áreas, como na saúde (SUS), no meio ambiente (SNUC), na política agrícola, na educação, entre outras. Foram bons, profícuos aqueles tempos de estruturação da economia e da sociedade brasileira.

A economia entrou nos eixos.

XIV.

Na política, as coisas funcionavam bem. Havia um arranjo político, costurado por FHC desde a fase eleitoral, que colocava três grandes partidos, ao lado do PSDB, na base do governo: o PFL, atual DEM; o PMDB, atual MDB; e o PTB. Desse acerto parlamentar se originou o conceito do "presidencialismo de coalizão", articulação necessária para bancar as ações do governo e aprovar suas iniciativas legislativas.

Acontece, e disso todos hoje em dia sabemos abertamente, que a Constituição brasileira tem um caráter parlamentarista, que fortalece o Congresso frente ao Executivo. Dizem, e parece ser verdade, que os parlamentares constituintes eleitos em 1986 escreveram uma Carta imaginando um desfecho na estrutura do poder republicano — o sistema parlamentarista — que perdeu na votação final. Deu presidencialismo.

Em outras palavras, temos uma Constituição que favorece o sistema parlamentarista em um regime presidencialista.

Sabendo disso, pois fora destacado protagonista, como senador, da Assembleia Nacional Constituinte, FHC organizou de saída sua base de apoio, nela trazendo controvertidos políticos conservadores, como o baiano Antônio Carlos Magalhães, o famoso ACM, o próprio Sarney e sua dinastia maranhense, além do pernambucano Marco Maciel, seu hábil vice.

Quem empurrou os conservadores, que mal haviam abandonado a ditadura, para o colo de FHC desde o início de seu mandato foi a intransigência do PT. A estratégia de Lula e Zé Dirceu era de embasar e fortalecer o Partido dos Trabalhadores como sendo "diferente a tudo que está aí", e por isso se opuseram, primeiro, à nova Constituição, depois ao governo conciliador de Itamar e, por último, ao Plano Real.

Garantiram, com sua atitude estreita e excludente, o apoio da direita ao intelectual esquerdista. A esquerda assumiu o papel reacionário. A direita virou progressista.

Ironias da história.

XV.

Eu estava lá.

Acompanhei, como secretário particular do candidato, a campanha eleitoral inteirinha. Anotei reuniões, programei agenda, organizei carreatas, detalhei eventos, essas coisas todas. Eleito Fernando Henrique, dele virei seu chefe de gabinete, função que desempenhei durante quase um ano. Até sair para assumir a presidência do Incra.

O mesmo Incra onde sofri a dor daquela tragédia que matou Raduan e Marcos Freire, oito anos antes. Lá, agora sentado na cadeira maior, senti na pele, efetivamente, o que significava o presidencialismo de coalizão. Explico. Acontece que eu precisava fazer algumas substituições na equipe, trocar gente pouco qualificada por profissionais mais sérios, afinal aquele assunto da reforma agrária eu dominava fazia tempo. Não caí ali de paraquedas.

Qual o quê. Quando comecei a falar em certas mudanças, a base do governo do Congresso se irritou. Teve um dia que, mesmo contrariando a opinião dos articuladores do Palácio, eu demiti o superintendente do Incra em Minas Gerais, ligado ao pessoal do PFL, por suspeita de envolvimento em desvio de dinheiro público. À noite levei um pito enorme de Eduardo Jorge, secretário geral da Presidência: o governo havia sido derrotado em votações importantes no Congresso.

Caramba. Estavam mandando um recado a mim.

XVI.

Engolir sapos se tornou uma regra na gestão pública brasileira. Compromissos políticos determinam nomeações no aparelho do Estado, e os governos aceitam o jogo para ganhar a base de apoio. O problema não seria muito grave se os recomendados fossem capazes e corretos. E muitos o são. Apresentam currículo, competência, seriedade para ocupar cargos públicos. Tudo bem.

Muitas vezes, porém, você se depara com apadrinhados totalmente inadequados, desqualificados para a tarefas que deles se exigem no órgão estatal. Pior ainda é quando aparece alguém que, notoriamente, está sendo indicado para operar o recurso público em favor do interesse privado.

Eu vi essa anomalia do sistema político surgir desde o primeiro governo tucano. E ela cresceu, e depois se encorpou, com a emenda da reeleição, uma proposta que julgo ter sido o maior erro de FHC. A reeleição não foi comprada, como muitos acreditam, mesmo sendo verdade que alguns governadores, que também nela tinham interesse, tivessem dado dinheiro para alguns parlamentares.

A reeleição foi negociada, barganhada, dentro dos marcos da coalizão parlamentarista, o que não tira seu demérito.

A possibilidade de os mandatários se reelegerem favoreceu, nas condições brasileiras, a troca de favores, o fisiologismo e a malandragem política. Com ela no horizonte, os candidatos no Executivo mal se elegem e já estão arquitetando formas de se manter por mais um mandato.

Esse toma-lá-dá-cá tem sido horrível para nossa democracia.

XVII.

Lula, por ser um candidato de oposição, assumiu em uma condição bem mais difícil que FHC quanto à sua base de apoio no Congresso. Muitos de nós achávamos que ele teria enormes dificuldades para governar, dada sua evidente minoria no Parlamento.

Ledo engano.

Não demorou muito para que os mesmos partidos e, muitas vezes, os mesmos deputados e senadores que apoiaram decididamente FHC, e davam um pau do PT, estarem animadamente votando a favor de Lula. Parecia uma mágica. Mas era a malandragem petista manobrando.

Nossa democracia havia entrado na fase do Mensalão, que, além de negociar cargos e favores políticos, depositava, ou entregava em mãos, uma mesada aos parlamentares, subornando-os e subordinando-os aos interesses do projeto de poder do PT.

Operado pelo poderoso e astuto Zé Dirceu, o esquema de Lula exacerbou o presidencialismo de coalizão a tal ponto que, depois, acabou denominado de presidencialismo de "cooptação". Por mim, eu o batizaria, mais acertadamente, de presidencialismo da corrupção. A compra de votos desmoralizou o Legislativo.

Passamos a viver sob um autoritarismo disfarçado.

XVIII.

Mais uma vez, temo em dizer: eu estava lá.

No certame eleitoral de 2002 tentei meu segundo mandato de deputado, porém sem sucesso. Embora tenha recebido quase 103 mil votos, permaneci suplente da bancada. Em janeiro de 2005, entretanto, com o falecimento de Montoro e a saída de outros deputados, reassumi minha vaga na Câmara.

Logo que lá, de volta, pisei, cumprimentando os amigos da legislatura anterior, fui descobrindo aquela sem-vergonhice, a mim relatada pelos próprios parlamentares, na maior cara dura. Um de meus companheiros de futebol, eleito pelo PTB, foi explícito:

— Xico, isso daqui está bom demais. Além de pagarem minhas dívidas de campanha, ainda me dão um envelope recheado todo mês.

Lula gostava desse jogo de troca de favores desde as greves de São Bernardo, quando combinava com os empresários o reajuste de preços que o governo militar deveria permitir para ganhar uma elevação de salários. Gritava irado nas assembleias operárias, depois ria tomando whisky com os patrões. Todos ficavam felizes alimentando a inflação.

Assim funciona nossa República, nessa bagunça de sistema político, com dezenas de partidos, que esfola o Executivo sob a ameaça de travar o orçamento da União.

Partidos falsos, a maioria.

XIX.

Estourado pela Justiça a partir daquela briga dentro da quadrilha pela divisão do roubo, protagonizada por Roberto Jefferson e Zé Dirceu, o Mensalão se disfarçou, mas nunca acabou. No segundo mandato, Lula teve a esperteza de trazer o PMDB para sua base de apoio.

Em certo sentido, ele internalizou o Mensalão dentro do poder central. Mais tarde, em 2010, Lula consagrou a aliança com o PMDB, cedendo a Michel Temer o lugar de vice na chapa de Dilma Rousseff.

Muita gente analisa que a inabilidade política de Dilma esgarçou a aliança partidária que mantinha o PT no poder. Notoriamente, ela realmente não levava jeito para liderar coisa alguma, ainda mais governar naquela situação costurada por Lula e, nessa fase, Palocci. Além do jeito pessoal — Dilma era uma anta passeando na loja de cristais — quem nunca se sentou numa cadeira do Congresso tem dificuldades em tratar com as equações políticas e suportar as peculiaridades das feras eleitorais que as manipulam.

Dilma sucumbiu também, e há que se reconhecer, por tentar dar um freio na roubalheira exagerada e na escandalosa distribuição de cargos que lhe retirava poder de comando. Essa é a maior diferença entre a cria e seu criador: Lula não se importava de mandar em nada, cedia o que podia; Dilma era centralizadora, queria mandar em tudo.

Por isso caiu.

A queda de Dilma, na minha visão, representou não a derrota, mas a vitória em dobro da bandidagem política, encarnada em Eduardo Cunha, então presidente da Câmara. Larápio perigoso, o parlamentar carioca tinha ainda Geddel Vieira Lima e outros na banda podre do MDB que fumava charuto com Lula, acompanhada dos empresários corruptos que viemos a conhecer depois. Fora as outras alas da quadrilha, espalhadas por vários partidos, cujos personagens principais aos poucos foram sendo estourados pelos delatores da Lava Jato.

Toda essa bandidagem pulou fora do navio quando ele começou a afundar. Dilma ficou sozinha.

Caiu quieta. E demonstrou toda sua fraqueza de caráter e sua fragilidade pessoal depois, quando passou a adular, para conseguir sobreviver, seus algozes internos do PT. Entre eles, e principalmente, Lula.

Que a derrubou.

XX.

Assumiu Michel Temer. Não foi golpe. Temer é um excelente professor de direito constitucional. Garantiu, fiou, para que tudo tenha seguido o rito jurídico perfeito. Por outro lado, é claro que foi um golpe, político, como todos o são. Ao perceber a articulação de Lula se enfraquecendo pelo avanço da Lava Jato, uma tacada inteligente do MDB abriu espaço para trocar de lado, como sempre o fez.

Os "mocinhos" dessa história, representados pelos partidos de oposição, especialmente o PSDB, o DEM e o PPS, além da opinião pública decente, aliaram-se a um lado da bandidagem. Não havia outra saída. Lula e seus cúmplices, com a conivência de Dilma, haviam barbarizado, caindo nas mãos de um juiz do STF aguerrido que os condenava à prisão. Após o Mensalão, que somente avançou graças à persistência de Joaquim Barbosa, agora a Lava Jato se tornava implacável com a coragem de Sérgio Moro.

Embora alguns acreditassem que Michel Temer pudesse colocar ordem na casa, quer dizer, moralizar a Presidência da República, quem conhece essa turma do PMDB, como eu conhecia, sabia que isso era absolutamente impossível. Alguns apostaram que poderia haver uma espécie de santificação de Michel Temer e seus aliados. Eles parariam de roubar do ente público e se voltariam ao bem comum.

Havia outro cenário. Se, com a saída de Dilma, notória intervencionista no mercado, os investidores se animassem e a economia voltasse a crescer, e estava mesmo dando sinais disso, quem sabe Temer não viesse a se tornar um verdadeiro líder do país. E se reeleger.

Sim, havia chance de o governo Temer dar certo.

Era pura ilusão. Com as velhas raposas participando do núcleo do poder, agora livres, leves e soltas do comando de Lula, Dilma e Cunha, o perigo rondava a República talvez mais que antes. E Michel Temer, o político com cara de mordomo que nunca encantou ninguém, sucumbiu na primeira casca de banana. Deu no que deu.

Deu em Jair Bolsonaro.

XXI.

Repassando esse período político recente, desde 1985 para cá, é fácil perceber uma escandalosa e progressiva degeneração da democracia representativa no Brasil. O altruísmo, o bem comum, a ética e a decência sucumbiram ao interesse particular, ao egoísmo, à malandragem e à picaretagem. Partidos de aluguel, parlamentares oportunistas, práticas negocistas, governos corruptos: a prostituição invadiu a política e tomou conta da República.

Quanto mais se avançou no tempo, desde a eleição de Tancredo e Sarney, mais o sistema político se deteriorou, levando a população a se tornar desinteressada no discurso, tão caro naquela época, que destacava as vantagens das liberdades democráticas no progresso da nação. As liberdades estão ai, mas foram pelos políticos transformadas em libertinagem política.

Aumentou o descrédito com a política e com o sistema democrático.

O voto obrigatório tem efeito controverso nessa situação. Instituído desde a Constituição de 1946, a obrigatoriedade levou o povo a participar, de forma mais decisiva, dos destinos nacionais. Nesse sentido, fortaleceu a democracia, ampliando as decisões para além da elite.

Por outro lado, permitiu que o populismo se ampliasse e que o clientelismo dominasse parte da população nas épocas eleitorais. O ato de conseguir condução para grupos de pessoas se deslocarem até os locais de votação, ou oferecer um par de sapatos, hoje em dia práticas proibidas, foram muito comuns pelo país afora. E deixaram suas marcas indeléveis.

Trocar voto por favores é uma doença incurável da nossa democracia.

XXII.

Pode-se concordar, em certas situações, que o voto obrigatório ajudou a crescer a "consciência cívica" da população, fazendo-a entender melhor como funciona o mecanismo de decisões, e, através da propaganda eleitoral também obrigatória no rádio e na TV, levou-a a conhecer os programas e propostas dos partidos e dos candidatos.

Pode-se argumentar, todavia, exatamente ao contrário. Existem no mundo apenas 22 países, sendo 12 latino-americanos, entre eles o Brasil, que adotam o voto obrigatório. Destacam-se, entre os desenvolvidos, a Bélgica, Grécia e Austrália; daqueles em desenvolvimento, Cingapura, México e Argentina. A abstenção do voto varia muito entre eles, indo de 5% a 55%. No Brasil, o não-voto, que soma o não-comparecimento com a falta justificada, está crescendo, e nas últimas eleições se aproximou dos 30%.

A população aqui já descobriu que a multa pelo não comparecimento na cabine de votação é baixíssima. Sendo altíssima a rejeição aos candidatos, muitos encontram desculpas variadas para não votar. Outros, por ser obrigatório, votam nulo.

Quem defende o voto facultativo, por sua vez, argumenta que a liberdade do cidadão poderia reduzir a preponderância dos candidatos mais endinheirados, com maior máquina de propaganda. Nesse sentido, favoreceria a democracia representativa de forma mais autêntica.

Há quem, ainda, aprecie as candidaturas "independentes", ou seja, aquelas que podem se configurar sem filiação partidária. Comum em vários países, representaria uma afirmativa do indivíduo sobre o partido. Tenho simpatias por essa ideia, mas não sei sobre sua viabilidade.

XXIII.

Poderia ter sido diferente essa história da democracia brasileira? Sim, poderia.

Tancredo Neves poderia ter realizado um grande governo de pacificação e estabelecido as bases para o desenvolvimento do país, em moldes semelhantes aos que a Concertación fez no Chile, na mesma época. Durante 20 anos, os chilenos se entenderam na política, fizeram uma aglutinação partidária e garantiram o desenvolvimento do país.

Mas Tancredo nos deixou nas mãos de Sarney, seguindo-se um desastre na gestão do país. Inflação galopante, economia desorganizada, política conflitante. Quem viveu a segunda metade dos anos 1980 torceu muito para chegarem logo as eleições diretas.

Todas as nossas esperanças repousavam nas urnas de 1989. Se, ao invés de Collor, vencesse o impoluto Ulisses Guimarães, presidente da Assembleia Nacional Constituinte, a história seria outra. Mas o Senhor Diretas conseguiu apenas 4,7% dos votos no primeiro turno, ficando em sétimo lugar. Não cativou o eleitorado.

Ou, então, se o engenheiro Mário Covas tivesse sido eleito presidente, talvez o Brasil, já com nova Constituição, pudesse realmente ter decolado de vez. Só que não. Covas pegou o quarto lugar, com 11,5% da votação, atrás de Leonel Brizola (16,5%). Lula passou para o segundo turno com 17,2%.

Anos mais tarde, se não tivesse sido aprovada a reeleição, o mesmo Mário Covas, então governador de São Paulo, poderia ter sucedido FHC em 1998. Ou, por que não, Itamar Franco poderia ter voltado ao poder, sucedendo seu sucessor. E eles não teriam se desentendido.

Nessas hipóteses, eventualmente Lula não teria se fortalecido, pois ele contou com o desgaste de FHC no segundo mandato. Nas eleições de 2002, José Serra, que tentou manter o governo nas mãos tucanas, foi um péssimo candidato com aquele seu slogan que falava da "continuidade sem continuísmo". Omitiu em sua campanha as conquistas do período FHC e, com isso, começou a enterrar o PSDB.

Virou um bom *case* de antimarketing.

XXIV.

Se...se. A história sempre poderia ter sido outra, mas é a que temos que nos inferniza e nos desafia.

Lula, finalmente eleito na quarta tentativa, poderia ter agido diferente. FHC lhe deu a deixa com seu gesto, exageradamente respeitoso, ao lhe passar a faixa presidencial no início de 2003. O sociólogo-presidente demonstrou toda sua felicidade ao transmitir o cargo para o operário-presidente.

Foi só se virar, porém, que Lula lhe cravou a falsa narrativa da "herança maldita" como um punhal em suas costas. O PT apreciava o conflito para governar. E dividiu o país entre "nós e eles" de tal forma que nunca mais fomos capazes de nos livrar dessa armadilha. Jogamo-nos uns contra os outros, enquanto Lula se deitava e rolava na malandragem com seus amigos empresários.Vestindo o boné do MST.

A tragédia da democracia brasileira teve um componente especial: a polarização política entre PT e PSDB, construída especialmente pelas mentirosas narrativas de Lula, o maior gênio e o maior enganador da política nacional. Um Macunaíma. O jogo do "nós contra eles", sem dúvidas o grande sucesso de marketing eleitoral da nossa história, destruiu a inteligência política nacional. Com ajuda do jornalismo militante.

XXV.

A história, quer dizer, a civilização sempre evolui. O tempo não para. No século passado, a sociedade organizou a democracia tolerando seus defeitos e limitações, pois o capitalismo vivia sua época de ouro. Resplandecia a sociedade ocidental em meados do século 20.

A democracia representativa se aprimorava para servir aos interesses coletivos, acomodando as lutas de classe e os objetivos dos segmentos sociais que se destacavam na sociedade industrial e urbana. Quando criticavam a democracia representativa, diziam, com razão: nenhum sistema político é perfeito.

É verdade.

Qual a semelhança daquela sociedade no mundo desenvolvido, erigida no pós-guerra, com a sociedade globalizada do século 21, em plena era digital? Quase nenhuma.

Acabou, ou se reduziu, a distinção entre classes sociais, turvando as clássicas diferenças entre trabalhadores e empresários, burguesia e povo. Quem domina o mundo é o consumo — sua Excelência, o Mercado — e não mais a produção. Pobres e ricos têm novas e semelhantes aspirações, desejos e ilusões.

Os operários se enfraqueceram, e a classe média ficou poderosa.

Tudo mudou no presente, comparado com a vida de nossos pais nos anos 1950, ou comparado com aquele Brasil que se envolveu na jornada da redemocratização há 40 ou 50 anos. O Estado perdeu velhas atribuições e ganhou novas responsabilidades. O papel de indutor do desenvolvimento, tão importante no passado, tornou-se obsoleto. Agora, a ordem é não "atrapalhar" o desenvolvimento.

A administração pública jamais será a mesma, parece tão óbvio isso.

XXVI.

Fundamental é perceber que a modificação do papel do Estado, principalmente nos países subdesenvolvidos do século passado, como o Brasil, está por trás da crise política que afeta a democracia atualmente. É impossível manter a representatividade e a eficiência do sistema político em condições tão distintas.

Indo direto ao ponto: para que servem os governos hoje em dia?

Tudo bem que nesses tempos de pandemia do coronavírus os governos foram essenciais para enfrentar a crise da saúde. Na retomada das economias, após períodos de crise, os gastos públicos cumprem papel fundamental no dinamismo da economia. Assim como nas crises do século passado, as políticas econômicas chamadas keynesianas, de aquecimento da demanda, foram e continuam sendo essenciais. Mas essa ação, fundamental, é passageira.Não serve de referência para tempos normais.

Além do mais, no passado, ou o Estado promovia, ou nada acontecia. Hoje em dia, não. Há fabulosos capitais, e existem empreendedores de todo tipo, com ferramentas extraordinárias de sucesso, à espreita das oportunidades de investimentos. Independentemente das ações governamentais, eles se movem e botam para rodar a economia, surgem os empregos. Fazem brotar a riqueza na cinza da desgraça.

Hoje manda o empreendedorismo.

XXVII.

Volto à questão central: qual o papel do Estado na sociedade tecnológica, comandada pela ferramenta digital? Como pode ou deve se organizar a população para defender seus interesses?

É necessário contar com a intermediação da classe política, ou conseguem as pessoas encaminhar diretamente seus reclamos e suas propostas e, por conta própria, defender suas causas?

Antes o governo fazia de tudo e, nessa situação, os políticos eram importantes para ajudar os cidadãos, atendendo-os em suas demandas. Cortar árvores nas calçadas, conseguir um bolsa de estudos para a filha, trazer uma máquina para arrumar a estrada esburacada. Essa função de "despachante" do povo, tradicional da política, está com os dias contados na sociedade tecnológica e digitalizada.

Restaria o que aos "representantes do povo"? Ou, de forma mais amena, como os políticos se acomodariam para serem úteis aos grupos sociais e às diversas comunidades de interesses?

As perguntas significam quase uma sinuca de bico para a democracia. Defender "causas", dar-se às ações coletivas, é a resposta na ponta da língua.

Fácil de dizer, difícil de ver acontecer.

Enquanto não se encontra um modelo virtuoso de exercício da política, os políticos se dedicam à prática de favores escusos, como fraudar uma licitação pública. Fazem-no com a conivência de muitos.

Na falta do que fazer de bom, a isso se dedica boa parte dos políticos atualmente: tirar vantagens de sua posição e encontrar formas de ganhar dinheiro às custas do cofre público. Para si e para seus capatázios. Que não são poucos.

Tanto é que se elegem e se reelegem por décadas. Afinal, por que é que a maioria dos deputados, senadores e vereadores lutam obstinadamente para emplacar seus amigos nos cargos de estatais?

Todos sabemos a resposta.

XXVIII.

Uma reflexão futurista desagua na utópica democracia direta, sistema no qual o exercício da cidadania se realizaria sem necessitar da ajuda de "representantes". Acabariam os mandatos populares. Pode parecer loucura, mas poderia funcionar em uma sociedade evoluída. Devidamente regulamentada, claro, senão vira anarquismo.

Para dar certo, e para que os cidadãos possam se virar sozinhos, exige-se um aparelho de Estado acessível, enxuto, rápido e transparente. Tudo simples, profissional, como permite o mundo digital. Ora, se dizem que a maioria das profissões, num futuro próximo, irá acabar, pode-se perfeitamente imaginar que deputado, ou vereador, é uma raça em extinção.

Pensar em formas de democracia direta é revolucionário. Quase assustador.

A democracia representativa, republicana ou monarquista, impera há cerca de 200 anos no mundo. Ninguém garante, porém, que tal sistema político subsistirá por muito tempo, face à evolução da sociedade e da economia globais.

O que vem pela frente, todos temem especular.

Obviamente essa pequena crônica não é o lugar mais apropriado para grandes formulações sobre o papel do Estado, e consequentemente a função dos governos, na sociedade do século 21. Importa aqui somente chamar a atenção, frisando, que por trás da crise da democracia brasileira, ou, se quiser, mundial, encontra-se uma equação mais difícil de ser resolvida.

Ela atinge o âmago das sociedades contemporâneas.

XXIX.

Proteger o meio ambiente e garantir a sustentabilidade tem sido reconhecido como uma das mais importantes funções do Estado contemporâneo. Pelo menos enquanto a consciência coletiva não for elevada o suficiente para assumir a tarefa da conservação ambiental por conta própria. Incluída aí, também, a educação ecológica.

Quem trabalha com a agenda da sustentabilidade ou estuda política ambiental costuma citar a China como um exemplo de país com atitudes e ações rápidas, enérgicas, seja no controle da poluição seja na construção da economia de baixo carbono. Embora sejam os maiores emissores de gases de efeito-estufa, os chineses também são os maiores investidores em energia limpa do mundo.

Eles têm tomado medidas relativamente simples, porém eficazes, como a substituição das motocicletas movidas a combustível fóssil: todas elas, agora, são pequenas, elétricas, silenciosas e não poluentes.

Decidiram e implementaram a agenda em apenas alguns anos.

XXX.

Vários outros exemplos poderiam ser dados para comprovar a liderança da China na agenda da sustentabilidade. Quero, todavia, tão somente sublinhar que, na cabeça de muitos ambientalistas, e eu me incluo neles, o governo chinês é um exemplo.

Mas esse fato causa uma dúvida existencial.

Acontece que, se nós valorizamos a democracia e clamamos pelas liberdades individuais do cidadão frente ao poder do Estado, como poderíamos elogiar a China, uma ditadura comunista de partido único, um país sem liberdade de expressão nem de escolhas cidadãs?

No Brasil, demoramos 14 anos para aprovar o novo Código Florestal. A lei que determina a política de resíduos sólidos do Brasil foi aprovada em 2010. Ela deveria acabar com os odiosos lixões a céu aberto, repletos de urubus convivendo com gente miserável, existentes na maioria dos municípios.

Mas os lixões aí permanecem.

Mais importante: a lei nacional, equivalente ao padrão europeu, estipula a "logística reversa", conceito fundamental para obrigar as empresas que geram materiais poluentes que também se responsabilizem, solidariamente, pelos detritos que lançam por aí. Mas que nada. Salvo exceções, como sempre, a lei não funciona, e o poder público é fraco para mandar acontecer. Quando manda, ninguém obedece.

Na China, não. Decidiu, implementou. Será a ditadura chinesa melhor que a democracia representativa?

A resposta é um enigma.

XXXI.

Cuidar da segurança pública, proteger as pacatas famílias contra a marginalidade, destaca-se, geralmente, também como função relevante própria ao Estado contemporâneo. Combater a criminalidade, enfrentar o tráfico de drogas, quem poderia fazer isso melhor que o poder público?

Aqui reside outra alegação por muitos utilizada para defender um Estado forte e autoritário. Acontece que a defesa dos direitos humanos e a tese do politicamente correto, causas muito apreciadas pela esquerda, estabeleceu, com certa razão, limites à ação dos órgãos de segurança pública no enfrentamento da bandidagem.

Afinal, a polícia não pode sair pelas ruas matando todo mundo.

Por outro lado, ao evitar os excessos, a repressão policial acaba tendo que tomar cuidados e zelos que determinam, certas vezes, o insucesso de suas operações. Exagerando, vemos os bandidos derrotar a polícia. Quadrilhas dominam territórios inteiros, mormente dentro de grandes favelas.

Sei que esse é um assunto complexo e polêmico, sobre o qual tenho apenas as percepções de um cidadão comum. Por não ser estudioso dele, não me aprofundarei. Apenas o levanto por reconhecer que, devido a ele, parte expressiva da população se posiciona contra os direitos humanos.

Quanto se discute, então, sobre os jovens delinquentes menores de 18 anos a questão da maioridade penal se destaca. Adolescentes, embora "adultos", pintam e bordam, matam e roubam, permanecendo quase impunes. Eles parecem ter mais "direitos" que os policiais.

Qual a solução?

As receitas liberais e conservadoras vão desde a pena de morte até o livre armamento da população. Outras fortalecem o militarismo: botar o Exército nas ruas, subir os morros. A maioria dessas alternativas, obviamente, questiona a democracia, vista como incapaz de enfrentar a questão da segurança pública.

Sinônimo de Jair Bolsonaro.

XXXII.

Há quem, olhando a crise política brasileira, enxergue no Supremo Tribunal Federal a grande origem dos impasses.

Os senhores juízes passaram como que a legislar e a querer governar, atropelando os demais poderes da República. Tem certa razão quem vê assim.

O Judiciário, infelizmente, não permanece imune na crise de nossa democracia. A começar, e o dedo tem que ser colocado na ferida, pela corrupção que assola suas esferas. Juízes vendem sentenças a torto e a direito por aí, todos sabem, e preferem se aquietar, temerosos por retaliações. Afinal, um deputado você pode xingar sem temor, um prefeito ou governador também, mas um juiz, tome cuidado.

Jornalistas se pelam de medo do Judiciário e fingem que apenas os políticos são sem-vergonha. Não é verdade.

A transparência trazida pelas ferramentas digitais tem facilitado o controle da malandragem dentro do Judiciário. Os pareceres e as sentenças ficam abertas, disponíveis a mais gente, sujeitas a maior controle social. Facilita assim o trabalho das Corregedorias, e isso é sensacional. Mas nada resolve.

Ninho de cobras: saia na rua e pergunte o que as pessoas consideradas comuns acham do STF. Basta ver as pesquisas. Brigam entre si, brigam com o presidente da República, discutem com o Congresso, acham-se superiores aos demais quando, na verdade, estão sujos também.

A degradação do Poder Judiciário é um triste fato relacionado com a perversão da democracia brasileira. A primazia da Justiça como afiançadora do sistema político-democrático pode ser conferida nos Estados Unidos da América. Funciona como se fosse um poder moderador, um colchão de sapiência entre as disputas do Legislativo e do Executivo.

Aqui, não.

Andam discutindo a interpretação do artigo 142 da Constituição Federal. Seus dizeres permitem raciocinar de que, no Brasil, caberia às Forças Armadas exercer a "moderação" quando requerido pelos "poderes constitucionais". Para garantir a lei e a ordem na pátria. O viés de interpretação é evidente.

Sua origem: o bolsonarismo. Óbvio.

XXXIII.

Somente estranhou a eleição de Jair Bolsonaro quem não entende de política ou, militante partidário, deixou-se enganar pela propaganda oficial. Estava claro já desde as eleições anteriores que a ruptura política se aproximava.

Dilma somente se reelegeu em 2014 devido à fraqueza da personalidade de Aécio. Dilma fazia discursos para a mandioca, mostrando aquela doideira que deixava os petistas, Lula inclusive, apavorados, com receio de perder uma eleição ganha. Aécio, por sua vez, não conseguia se livrar das antigas acusações de perversão moral, e sua fama de bom governador se espatifava nas Minas Gerais.

Se o pernambucano Eduardo Campos não fosse vitimado pela queda do seu jatinho de campanha, teria sido eleito. Tenho essa convicção. O duelo PSDB x PT já havia cansado o eleitorado, e seus candidatos não estavam oferecendo qualquer novidade ao cenário da política. Nem representavam, um ou outro, real enfrentamento da corrupção.

Não tenho certeza de que grandes mudanças aconteceriam com o neto de Miguel Arraes na presidência da República, mas o país teria escapado da polarização. O destino, porém, passou o bastão para a vice, Marina Silva, que descambou nas pesquisas.

XXXIV.

Mais uma vez, eu estava lá.

Coordenador inicial da campanha digital de Aécio, vi como a máquina de destruição de reputações do PT, na internet, era poderosa. Eu coordenava uma equipe de cerca de 50 pessoas, das quais 12 trabalhavam no monitoramento de rede. A internet do mal, promovida pela quadrilha vermelha, era impressionantemente forte.

Publicada uma bobagem qualquer, notícia verdadeira ou *fake*, aquele post inundava a rede em poucos minutos.

O desespero de Andrea, irmã de Aécio, era enorme. Ela queria retrucar os ataques da campanha de Dilma com a mesma moeda, ou seja, criando uma rede da maldade, fabricando *fakes*, comprando robôs, disparando *bots*, tudo igual, com sentido contrário, ao que o exército vermelho digital fazia. Briguei com ela, e por tabela com ele, por isso.

Resultado: perdi a coordenação do digital e passei a gerenciar uma rede paralela, chamada #SouAecio, de apoio à campanha. Na oficial, entraram com tudo no jogo sujo da internet do mal.

Perderam feio.

XXXV.

A falsidade e a empulhação, característica das *fake news* que tomaram conta das redes sociais, é outra faceta do fracasso da democracia no Brasil. Certamente é um óbice global. A defesa da liberdade de expressão, válida para a imprensa, aplica-se com dificuldade ao mundo da comunicação digital, onde cada internauta passou a ser um gerador de conteúdo.

Muitos se escusam, temendo ser considerados "censores", de colocar o dedo nessa ferida da democracia, típica do século 21. Mas cada vez fica mais claro que existe uma dessintonia entre a liberdade democrática e a permissividade, ou a maledicência, permitidas, quase promovidas, pela internet.

Nas palavras de Pedro Doria, entendido no assunto, a democracia foi "hackeada" *. Criam-se perfis falsos, manipulados por treinados militantes virtuais, que, somado aos "robôs", ou *softs* banais, reproduzem postagens simultaneamente. Tudo para, sob um comando de rede, desencadear ondas de informação falsas e desvirtuadas.

Existe lei para os crimes de calúnia. Mas na internet o problema é mais embaixo.

XXXVI.

Todos sabem que o marketing digital foi decisivo na eleição de Jair Bolsonaro. Sem tempo de televisão nem de rádio, sua chance de comunicação se restringia à rede social. Investiu, com antecedência, nesse canal de diálogo.

Funcionou. Sua equipe ganhou nota 10 por esse trabalho.

Mas que houve sacanagem, é claro que sim. Sua campanha montou uma eficiente rede na internet utilizando-se de toda a permissividade existente, funcionando da mesma forma que o PT sempre operou sua máquina da maldade.

A diferença, desta vez, foi que Michel Temer e seu fiel escudeiro, Eliseu Padilha, já haviam desmontado os canos da irrigação financeira que, com dinheiro público, mantinha a

---

* Fonte: https://link.estadao.com.br/noticias/geral,a-verdadeira-ameaca-a-democracia,70003345493

supremacia digital do PT. A campanha de Bolsonaro encontrou a internet já meio vazia da milícia digital vermelha.

Ficou mais fácil desferir flechas envenenadas ao contrário.

Eu não disponho de informações suficientes para dissecar como operou, nem como o faz atualmente, a rede bolsonarista, mas acompanho sua atuação faz tempo. De uns meses para cá, dela tenho levado muita pancada, visto meu rompimento com o projeto do capitão-presidente. Eles são muito eficientes para destruir reputações.

XXXVII.

Uns oito meses antes das últimas eleições majoritárias, eu estive com Geraldo Alckmin conversando sobre a internet na campanha presidencial. O deputado Pedro Tobias, que presidia o PSDB paulista, tentava aprimorar a ação política no partido no mundo digital. O encontro, realizado na ala residencial do palácio dos Bandeirantes, foi decepcionante.

Geraldo, candidato a presidente pelo PSDB, não acreditava na influência da rede social para o resultado eleitoral. Menosprezava por completo o marketing digital, inclusive o que vinha sendo realizado por Bolsonaro.

"Na hora do vamos ver, o que importa mesmo é o tempo de televisão", disse ele.

Tempos depois, coroando seu pensamento, ele fechou grande acordo político com os partidos do Centrão, colocando todos os picaretas juntos com ele. Saíram na mesma foto. O acerto lhe garantiu enorme tempo (43%) na propaganda eleitoral gratuita. Mas não serviu para nada.

Terminou em quarto lugar, com meros 4,76% dos votos.

Conto essa história não para falar da importância do marketing digital, mas para dizer que a vitória de Jair Bolsonaro teve a seu favor essa fraqueza dos adversários. Pertencentes à velha política, eles não enxergavam um palmo além de seus umbigos.

Em que mundo vivia Geraldo Alckmin?

Eu respondo: no mundo da lua erigido pela política típica do século 20, uma bolha descolada da realidade concreta dos cidadãos, um mundo de ilusões e enganações, de acertos e malandragens, de assessores submissos, um mundo de roubalheira e picaretagem que caracteriza, há dezenas de anos, o sistema democrático no Brasil.

Geraldo, um católico conservador, é cria perfeita desse sistema pecaminoso que destruiu a ética, atacou a moral e impede prevalecer o idealismo na política. Pouco importa que ele próprio, como me parece, pela sua humildade, não seja ladrão.

É, porém, falso.

XXXVIII.

Marina Silva ou João Amoedo eram candidatos mais verdadeiros, que corriam por fora do sistema. Mas não empolgaram, não convenceram. Não emplacaram.

Marina demonstrou uma dificuldade impressionante, que lhe é característica da personalidade, em se posicionar de maneira firme sobre os temas que estavam sendo debatidos na sociedade. Seu nhenhenhem amazônico, misturado com um evangelismo esquerdoide, ainda mais rebuscado de palavras incompreensíveis, nunca colou na população, exceto na elite da sociedade. Singela, miúda, não parecia ser alguém capaz de botar ordem no país.

Outra coisa, como sempre dizem, ela saiu do PT, mas o PT nunca saiu dela. Marina Silva abrigava o perigo vermelho.

João Amoedo fundou um partido — o Novo — para se credenciar e se diferenciar na carcomida política brasileira.

E se saiu muito bem no início. Depois começou a pipocar no discurso uma fala hermética, difícil, originada no meio rico, empresarial, sem conexão mais clara com o povo. Além disso, a dinâmica do processo eleitoral não lhe favoreceu, não lhe dando brecha para aparecer. A polarização entre os polos radicais, da esquerda e da direita, massacra o meio de campo, impede o meio termo.

Nenhuma sensatez resiste à polarização ideológica.

É comum esse fenômeno. Quem trabalha com marketing eleitoral sabe que as eleições, em qualquer lugar do mundo, são decididas, em grande parte das vezes, pela rejeição, e não pela adesão. Quando vai chegando a hora do voto secreto, a maioria, que ainda não decidiu em quem votar, decide por votar contra alguém, para impedir sua vitória.

Ninguém discorda que Jair Bolsonaro venceu exatamente por conta desse movimento.

Contra Haddad.

XXXIX.

Eu participei desse processo.

Em determinado momento da campanha eleitoral, visto todas as circunstâncias, ficou claro que o PT poderia vencer se a divisão de seus adversários se mantivesse. Foi quando decidi romper com o PSDB e apoiar Jair Bolsonaro.

Os artigos que escrevi sobre a trajetória do capitão-presidente, sua personalidade e seus princípios, bem como sobre as razões que o levaram ao poder, encontram-se na sequência desse livro. Em determinado momento, inventei uma "fórmula" do sucesso, como se uma equação matemática se impusera nas eleições.

A fórmula é:

Bolsonaro = 3D — PT

Traduzindo: Bolsonaro é resultado de uma soma de três variáveis (Direita + Direito + Direto) e a subtração de uma outra (PT).

Utilizei a linguagem das ciências exatas para ajudar a compreender um fenômeno simples que o raciocínio complexo, típico das ciências sociais, não estava conseguindo explicar: afinal, por que Bolsonaro fazia tanto sucesso?

Ele falava claramente. Não dissimulava seu propósito conservador, combatia a ideologia de gênero, defendia a família, dava um cacete aberto na política de direitos humanos que dizia proteger os bandidos.

Ser direito significava reconhecer que, com sete mandatos na Câmara dos Deputados, nunca nem ninguém o tinha visto se lambuzar na corrupção.

Ser direto era o que mais agradava ao eleitorado. Falar o que pensa, não florear, linguagem franca, valeu ouro na guerra eleitoral. Bolsonaro não é *fake* dele próprio, como a maioria dos políticos. Não rebuscava. Nem mentia.

Colocar o antipetismo na equação significava dizer que a rejeição ao PT colou no Bolsonaro.

Matematicamente, venceu.

XL.

Quem me conhece sabe que eu nunca fui "bolsonarista". Conheço-o um pouco do Congresso, pois fomos deputados juntos por alguns anos. Nunca com ele, porém, interagi, até porque, logo no início do governo tucano, ele falou aquele absurdo, em uma entrevista, de que para mudar o país era preciso "matar uns 30 mil, e começando por FHC."

Mesmo considerando o contexto, é uma barbaridade.

Nenhuma grande ilusão me moveu para apoiar Bolsonaro. Ao contrário, foi a desilusão política que me empurrou para sua candidatura. Sinceramente, acreditei que ele encarnasse um basta na podridão que tomara conta da democracia brasileira. Não o faria sozinho, pois jamais teve capacidade de liderança nem de formulação.

Muita gente estava disposta a lhe ajudar, tentar uma saída, para o país.

Derrotar o PT e impedir o retorno dos ladrões vermelhos ao poder, por si só, representa um feito extraordinário. O Brasil verde-amarelo será sempre grato a Bolsonaro por derrotar o lulismo. Ele, com toda a sua maluquice, foi capaz de vencer o mal. Não me refiro à esquerda, teoricamente dizendo.

O mal, preciso ser claro, é essa esquerda babona que gravita em torno de Lula, criada no mingau da corrupção.

Mais que isso, perderam todos os velhacos que representavam a continuidade do carcomido sistema político. É incrível. Bolsonaro venceu sozinho, contra tudo e contra todos. Com um núcleo de generais sapientes a lhe amparar na formulação e na execução dos programas de governo, seu governo poderia representar uma virada de página na democracia.

Mas não rolou.

XLI.

Paulo Guedes, poderoso ministro da Economia, e Sergio Moro, um verdadeiro herói nacional que se tornou ministro da Justiça, emprestaram a Bolsonaro seus talentos e seus idealismos para, ao lado dos graduados militares, assegurar que era possível realizar um bom governo, menos dependente do Estado.

Um governo que valorizasse a livre iniciativa e que, embasado na Justiça, colocasse fim na impunidade.

Uma vez estive com Guedes participando de uma reunião, com pouca gente, no Rio de Janeiro. Ele se dedicava ao Instituto Millenium e propagava sua visão liberal, recrutando pessoas que lhe pudesse ajudar, e lá estava eu devido aos meus artigos, publicados no *Estadão* e n'*O Globo,* sobre os descaminhos da reforma agrária.

Como eu professava ainda a fé social-democrata, nada vingou.

Guardei dele, entretanto, boa impressão. Rápido na fala, criativo nas ideias, daqueles que julga ser possível mudar o mundo, como se dizia, de forma hegeliana. O pensamento em ação passando por cima da realidade concreta. Eu gosto dessa conduta.

Sem as mentes sonhadoras estaríamos ainda na idade das trevas.

XLII.

Sergio Moro nunca vi. Mas o admiro bastante. Quem teria a coragem, a artimanha e a inteligência de montar a Operação Lava Jato e colocá-la para funcionar dentro do Estado cheio de cobras e germes comandados pelo Mecanismo?

Quem teria o desatino de condenar e mandar prender Lula?

José Padilha, na série *O Mecanismo*, trata daquilo que todos nós sabíamos e fingíamos não existir: existe uma perversidade orgânica instalada no sistema político nacional, um modo de ser que tolhe questionamentos e impede sua renovação. O Mecanismo não é seletivo, nem de direita nem de esquerda, ele simplesmente engloba a todos os agentes públicos e se enraíza na vida privada.

Sei que é desanimador raciocinar e corro esse risco aqui, com a invencibilidade do Mecanismo, ou do "sistema" terrível que domina a política brasileira. Causa desânimo, leva ao imobilismo. E tais posturas passivas, ou negativas, somente reforçam a manutenção do estado de coisas.

Mas, sinceramente, a saída de Sergio Moro do governo, nas deletérias condições em que ocorreu, e os horríveis acordos do Bolsonaro com o Centrão, ajoelhando-se aos pés dos canalhas com medo do impeachment, desanimaram-me.

Voltamos à estaca zero.

XLII.

O fracasso da democracia brasileira fica evidente vendo os dias tormentosos em que vivemos. O país atravessa a maior crise econômica de sua história, com quebradeira geral de empresas, fechamento de comércios, pequenos e grandes negócios falidos, finanças públicas exauridas, desemprego assustador, miséria crescente.

Os políticos, porém, continuam batendo cabeça entre si, tomados pela gabarolice, pelo ressentimento, interessados em descobrir como conseguirão tirar vantagens da crise. É impressionante.

A crise da saúde, com milhares de mortes por Covid-19, postergou por uns meses a discussão necessária sobre a gravíssima crise do sistema político. Ao mesmo tempo, a expôs claramente. Na grande maioria dos países, todos se juntaram para enfrentar o terrível desafio da epidemia.

No Brasil, o presidente da República se atritou de cara com os governadores. Criou-se uma situação tristemente inusitada, com os políticos, medindo suas forças e expondo suas vaidades por sobre os cadáveres.

Disputam quem melhor se posicionará na largada das eleições de 2022, como se a população não percebesse o jogo de cena por detrás das entrevistas e dos números divulgados sobre a pandemia. Aproveitam a crise da saúde e a paralisação da economia para enfraquecer Bolsonaro.

Um medicamento — a cloroquina — transforma-se no aríete de guerra. Em nome da vida humana se falam impropérios anticientíficos. Discute-se contra e a favor do isolamento social ou da quarentena, como se os assuntos interessassem a suas carreiras políticas, e não à população.

Aumenta a desunião, a incivilidade campeia. Causa comum, nem pensar.

XLIV.

Nesses dias em que escrevo, em junho de 2020, os jornais noticiam que FHC se juntou a Ciro Gomes e a Marina Silva para defender um "pacto". Depois, como está na moda, fizeram uma *live* em prol da democracia. Haddad estava junto.

Todos contra Bolsonaro.

O ex-presidente FHC não vê razões para o impeachment de Bolsonaro, pelo menos "por enquanto", conforme declarou. Os demais pensam, com certeza, em destituir o capitão-presidente. Assim temos vivido: mal acabamos de eleger um presidente, já estamos nos articulando para derrubá-lo.

Inventamos um temível terceiro turno das eleições.

O PT e demais partidos de esquerda, como PSOL, PSTU, PCO, passaram a organizar manifestações de rua e entraram nessa conversa de "defender a democracia" quando, na verdade, objetivam tão somente defenestrar Bolsonaro. Querem dar o troco no país pela derrubada de Dilma.

Por outro lado, aliando-se ao Centrão, Bolsonaro se fortalece contra um eventual impedimento no Congresso. Teria ele que cometer graves crimes de responsabilidade, que não praticou ainda, para ser alijado do poder. Ou seja, o cenário que vejo como mais provável é o governo chegar até ao final sem interrupção. Em política, uma tática eficiente é deixar ir "sangrando devagar", para enfraquecer o rival.

Cortar sua cabeça pode trazer o desconhecido para o jogo do poder. Mourão poderia se revelar um craque.

XLV.

Atacam bastante Bolsonaro por ele ser "fascista". É verdade que existem semelhanças entre alguns de seus pensamentos com aquela extremada direita italiana. Benito Mussolini, porém, destacava-se, em sua loucura, pela enorme vaidade, um atributo de personalidade que nem de longe se parece com Bolsonaro. O fascismo tinha uma fortíssima base operária, pois aqueles eram os tempos da produção em série nas fábricas.

O nazista Adolf Hitler era o campeão da vaidade política. Esses ditadores sempre são extremamente carregados de bazófias, origem de sua maldade. Os nazistas eram arianos supremacistas, cometeram o genocídio contra os judeus, o maior crime contra a humanidade. Uma barbaridade.

Para mim, porém, quem mais lembra Bolsonaro é, paradoxalmente, o comunista Josef Stalin.

Rancoroso, aniquilou um a um todos os seus adversários, a começar dos mais intelectualizados, como Medvedev, pupilo de Lenin. A paranoia de Stalin era não ser reconhecido como líder, por ser meio bronco. Daí vinha sua ferocidade, seu desejo em mudar as coisas "na marra", como o fez na coletivização forçada da agricultura, um horroroso crime humanitário que causou milhões de mortes.

E continua ignorado pela esquerda mundial.

XLVI.

A história do camarada Stalin, mais que a de Mussolini ou Hitler, gruda na cara anticomunista de Bolsonaro. Não é exagero, nem tampouco uma pilhéria. O desejo do capitão-presidente, influenciado por seus filhos, em cercar-se só dos seus, livrando-se dos que pensam diferente, tem o levado a promover alguns expurgos na equipe de governo.

Ele começou atirando em Gustavo Bebiano, que tanto o ajudara na campanha eleitoral; depois, alvejou o general Santos Cruz; em seguida, brigou com o MBL inteiro; detonou a deputada Joice Hasselmann; na sequência, se atritou com o ministro da Saúde, Mandetta; e por fim fritou o da Justiça, Sérgio Moro. Refiro-me apenas aos personagens mais relevantes, pois a lista de seus desafetos é enorme e não para de crescer.

Foram trombando, encrencando, caindo fora.

Lembram-se daquela fatídica reunião presidencial, que acabou divulgada por ordem do STF? Pois bem. O comportamento de Bolsonaro, seu longo e prepotente discurso, seus reclamos recheados de palavrões e imprecações deixaram claro que naquela mesa de reunião se sentavam súditos, não auxiliares de uma equipe de trabalho. Esse é o ponto.

Vassalos adoram as atrocidades cometidas pelo chefe.

XLVII.

No mundo da comunicação, algo parecido ocorreu. Bolsonaro recebeu o apoio de fortes jornalistas, com presença importante na mídia digital, principalmente, que mais acompanho, pessoas que combateram duramente a ladroagem petista e se expuseram na defesa da candidatura dele. Ajudaram na vitória.

Mal tomou posse, começaram as desavenças.

Um grupo, mais tarde denominado de "gabinete do ódio", passou a tentar dominar mentes e corações na rede, como se todos tivessem que seguir suas ordens para defender o indefensável. Foram tão audazes e fizeram tantas asneiras que pouco a pouco a debandada se fez.

O Antagonista representa bem esse grupo de comunicadores expressivos que caíram fora desse desvario autoritário dos bolsonaristas.

A braveza de José Nêumanne explode contra Bolsonaro exatamente nesse dia que aqui escrevo, em casa, 10 de junho de 2020. O impoluto jornalista divulgou um contundente vídeo em seu canal do YouTube chamando Bolsonaro de "traidor do povo brasileiro".

Grande formador de opinião, Nêumanne manifestava, até dias atrás, apoio crítico ao governo do capitão-presidente. Mas as seguidas posições belicosas de Bolsonaro, que se esqueceu de governar para ficar adulando sua turma de terraplanistas, criacionistas e olavistas, empurrou o jornalista para sua crítica feroz.

Vários fatos sinalizam o afrouxamento de Bolsonaro no combate à corrupção nas hostes públicas e às práticas ilícitas como aquelas que resvalam nos seus filhos. Queiroz que o diga. O que faz grande parte dos comunicadores vociferar, principalmente, é ver o capitão-presidente desrespeitar um grande contingente de eleitores que, embora nele tenha votado, fizeram-no por serem adversários do PT.

Nós nunca fomos bolsonaristas.

XLVIII.

"Lembra que eu lhe avisei faz quase um ano", tuitou-me o comediante Danilo Gentili.

Naturalmente irônico, ele foi um dos primeiros *influencers* a ser agredido pelo bolsonarismo, um bando que não admite o pensamento independente, odeia a liberdade da crítica, querendo a todos impor uma conduta única, como se todos fossem "gado". O cantor Lobão, que aguentou mais tempo na defesa do governo, que o diga. Quiseram domesticá-lo como a um cachorrinho.

Deram-se mal com suas garras afiadas.

Certa vez, logo que decidi desembarcar, no mesmo dia que Moro, dessa canoa furada, fiz uma provocação, tuitando um conjunto de dez apelidos depreciativos que me atribuíram na rede. Arrolei os seguintes adjetivos com os quais me atacaram:

Isentão, inocente, prudente e sofisticado, tucano, covarde, pau-mole, banana, um bosta, imbecil e trouxa.

Publiquei a relação. Não satisfeitos, na sequência acrescentaram:

Nova esquerda, comunista de merda, covarde, hipócrita, babaca, esquerdopata.

A intolerância mata o bolsonarismo.

XLIX.

"Meus heróis morreram de overdose, meus inimigos estão no poder."

Cazuza era um gênio da música. Mas entendia também de política. Em 1988, quando foi lançado seu terceiro disco solo, musicado por Frejat, a Nova República capitaneada por José Sarney mostrava fraqueza, decepcionando aqueles que acreditaram na utopia democrática.

"Eu quero uma utopia para viver", como cantava Cazuza, é a história de minha geração.

Nós havíamos comprado a ideia de que a redemocratização do país traria a redenção eterna de uma país assolado pela miséria e assustado pela desigualdade social. Após o êxodo rural pronunciado, que entupia as metrópoles de gente, muitos morando debaixo das pontes e dos viadutos, a fome rondava a população pobre.

Desafios imensos se colocavam à nossa frente. E nós queríamos superá-los sem a interferência do imperialismo norte-americano e combatendo a terra improdutiva dos latifúndios. Tudo se permitia dar certo naquele devaneio causado pelas delícias da democracia que estava por vir.

Era tudo tão claro e tão irreal.

Pior, era tudo tão enganoso. Sim, porque os raciocínios que nos acostumamos a ter eram produzidos por uma falsa narrativa, criada pelos ideólogos comunistas. Stalin assassinava dissidentes na União Soviética sem que aqui soubéssemos ou percebêssemos. Colocaram vendas negras em nossos olhos.

Minha geração foi enganada pelo marxismo.

L.

Olhando hoje, décadas depois, percebe-se que a qualidade de vida melhorou, e muito, no Brasil. Tirando os pessimistas de plantão, nada, em termos objetivos, piorou na equação do progresso material dos cidadãos. Saúde, educação, transporte, comunicação, consumo, alimentação, vestuário, domicílio.

O Brasil do século 21 é muito melhor que aquele de quando minha geração nasceu, em meados do século passado.

A incógnita é saber o quanto dessas realizações positivas na vida do povo, conquistas materiais importantes, pode se creditar à democracia. A econometria nos ensina que fenômenos ou variáveis podem estar altamente correlacionadas, sem que exista, necessariamente, relação de causa e efeito entre elas.

Uma boa controvérsia.

Muitos atribuem o progresso econômico às liberdades democráticas da sociedade, outros calculam que, se os bilhões de reais roubados pelos políticos tivessem sido investidos na infraestrutura do país, o Brasil estaria no nível dos países desenvolvidos.

Tal discussão é muito complexa, e quase sempre não leva a lugar nenhum, visto a quantidade enorme de variáveis e as múltiplas interrelações que determinam o desenvolvimento de uma nação. Na Europa e em vários outros países hoje desenvolvidos a democracia do pós-Guerra favoreceu um florescimento da sociedade.

Avançou o capitalismo.

LI.

No Brasil, uma coisa é reconhecida e certa: a maior janela de oportunidades da história recente se abriu após várias e sucessivas crises financeiras mundiais, iniciada pelos Tigres Asiáticos em 1997, seguida pela moratória russa de 1998.

Entre 2000 e 2008, o Brasil experimentou preços excepcionais no mercado de commodities.

Esse extraordinário período de "vacas gordas" para a economia do Brasil coincidiu com o governo Lula, que recebeu o país turbinado após a estabilização da economia com o Plano Real. É como se FHC tivesse entregado ao sucessor um pomar que, após anos sofrendo intempéries na sua plantação inicial, começava a dar seus volumosos frutos.

A libertinagem da democracia promovida por Lula e seus comparsas de poder levaram-no a gastar, ou seja, consumir a maior parte dos recursos do país, ao invés de os investir na sua infraestrutura para o desenvolvimento. O consumismo, típico da política econômica de Lula, criou uma situação ilusória de progresso, uma alegria popular, cuja bolha estourou mais tarde, na refrega da crise imobiliária dos EUA, que arrasaria também a Europa, em 2009.

Dilma, além de seu mal jeito para governar, pagou o preço da irresponsabilidade da política econômica do PT, que preferiu consumir a riqueza no presente, com os "bolsas famílias" da vida, do que investir para construir o futuro. O imediatismo, necessário para enganar o povo, é um aspecto de governos populistas, fracos e corruptos. Resultado: a década de 2010 a 2020 está perdida.

Culpa de quem?

LII.

O sindicalismo brasileiro, junto com o corporativismo instalado nos órgãos estatais, ajuda a explicar o fracasso da democracia no Brasil. Grupos organizados de trabalhadores, nas empresas e nos governos, ao serem eficientes na busca de suas reinvindicações classistas, criaram segmentos privilegiados na destinação de políticas públicas.

O assunto, como sempre, é delicado. Mas quem trabalha com políticas sociais sabe que a maioria dos recursos públicos geralmente não chega, na ponta, àqueles a quem foram destinados. Há duas causas dessa ineficácia: primeiro, as atividades-meio costumam abocanhar parte significativa das verbas, consumidas na burocracia estatal; segundo, por serem atuantes e organizados, os trabalhadores sindicalizados conseguem mais facilmente ter acesso aos benefícios.

Não está errado os assalariados, do setor público ou privado, lutarem por seus interesses. Ocorre que, no contexto de uma sociedade muito desigual, eles saem na frente das camadas mais pobres, por serem politicamente fortes. Desgraçadamente, mesmo os programas de distribuição direta de renda passaram a ser manipulados pela vil política, que os infectou com o vírus do clientelismo.

Repito: a democracia privilegiou setores organizados dos assalariados e dos funcionários públicos, esquecendo-se dos verdadeiramente pobres e necessitados.

Nem o "coronavoucher" escapou dessa sina.

LIII.

O Bolsa Escola foi a mais grandiosa política social apresentada após a redemocratização para combater a pobreza no Brasil. Elaborada pelo economista Paulo Renato, ministro da Educação do governo FHC, ela continha uma ideia sensacional: vinculava o benefício familiar à matrícula estudantil.

Era, assim, uma forma inteligente de empurrar as crianças, priorizadas a partir dos bolsões de pobreza existentes no país, para se sentar nos bancos escolares. O dinheiro era a "cenoura" da educação fundamental.

Todos sabemos que esmola, pública ou particular, não tira ninguém da miséria. Pode amenizar uma situação crítica, mas pode também "viciar o cidadão", como cantava Luiz Gonzaga. O que promove uma família é educação e emprego.

O resto é paliativo.

No momento em que Lula aglutinou vários programas de transferência de renda, colocando-os todos no guarda-chuva do Bolsa Família, muito se perdeu de sua essência. Políticas públicas meramente assistencialistas facilitam a compra de consciências e votos. Esse é o lado mais perverso da democracia fracassada.

Torna o cidadão dependente do Estado.

LIV.

Jair Bolsonaro representa, mesmo, uma ameaça à democracia?

Busquei auxílio de alguns entendidos para encontrar a resposta a essa pergunta. Selecionei três recentes artigos de opinião de intelectuais e políticos "progressistas", social-democratas ou liberais.

FHC escreveu noutro dia, em sua coluna nos jornais, que a democracia, patrimônio comum dos brasileiros, está sendo vítima dessa insanidade política onde "o adversário virou inimigo. E com inimigo não se conversa, se destrói." (*Estadão*, "Tempos incertos", 7 de junho de 2020).

O sociólogo-presidente reconhece que "não foi o atual governo que nos enredou e se amarrou nessa disjuntiva sinistra", mas pede sua responsabilidade para atravessar o temporal com "diálogo e convergência". É interessante. FHC atribui à insanidade política a crise da democracia.

Defendendo a democracia frente à escalada do arbítrio, o filósofo Denis Rosenfield concorda com FHC, mas alerta que é necessário tomar cuidado com os "novos democratas". Argumentou ele que, entre os dois terços da população brasileira que são anti-Bolsonaro, boa parte "não são pró-democracia". Nesses estão incluídos "os responsáveis pelo mensalão, (...) pelo controle da imprensa e dos meios de comunicação. Para não falar das milícias do MST infernizando o campo brasileiro". (*Estadão*, "O caminho do arbítrio", 8 de junho de 2020)

O perigo ronda a democracia brasileira faz tempo, não apenas agora com as maluquices de Bolsonaro.

LV.

Ela esteve duramente atacada pela quadrilha que assaltou o poder republicano, com a diferença de que, antes, a destruíam de maneira pacífica. Disfarçada de boas intenções.

Essa esquerda corrupta e vagabunda abrigada no PT lulista corrompia a democracia e se escondia debaixo da narrativa em defesa dos pobres e oprimidos. Seu sucesso contou com a complacência, ou conivência, de muitos jornalistas importantes, formadores de opinião, os mesmos que hoje bradam contra a escalada "autoritária".

Antes, na visão deles, não era autoritária.

Essa é a diferença. Como escreveu Denis, referindo-se à experiência venezuelana tão defendida por Lula: "processou-se a subversão da democracia por meios democráticos."

O terceiro analista que me ajuda a entender esse processo maligno é Marco Antonio Villa. O historiador vê a democracia em perigo pelo grupo radical olavista do bolsonarismo, cujos protagonistas "agem como os nazistas. As liberdades democráticas, a imprensa, o Congresso e o Judiciário se transformam nos novos judeus. E devem ser exterminados para o que planejam: a edificação do admirável mundo novo."

Crítico feroz do petismo, Villa diz que o projeto bolsonarista é criminoso da mesma forma, apenas com sinal contrário: "São os fanáticos do outro extremo político." (*IstoÉ*, 5 de abril de 2019)

Conclusão: estamos no mato sem cachorro.

LVI.

É necessário e pedagógico entender o que pensam os analistas da esquerda sobre a questão democrática atual.

Tomei como exemplo o pernambucano Jones Manoel, jovem ideólogo do PCB. Logo alguns meses após as eleições presidenciais, ele publicou longo e embasado artigo dizendo não ser mais possível que as forças de esquerda continuem acreditando na "democracia burguesa". Esta merece "o máximo combate".

A democracia política defendida pelos comunistas "carrega altíssimo potencial de contradição com a ordem burguesa." (Blog Boitempo, 17 de setembro de 2019)

O golpe parlamentar de 2016 e a posterior eleição de Jair Bolsonaro, explica Jones, impõem um sério e profundo reexame da trajetória da esquerda brasileira. Tais derrotas ensinam que é impossível continuar mantendo "esperanças no STF ou em votações na Câmara dos Deputados." Arremata Jones:

"Não há futuro fora da luta pelo poder popular." Curioso. É o mesmo discurso de Bolsonaro.

Os autoritários adoram avocar o povo.

LVII.

Com o título "Só a luta impedirá a catástrofe", um grupo expressivo de militantes do PT, liderados por Breno Altman e com apoio de José Genoíno e Rui Falcão, fez uma declaração pública contra o governo Bolsonaro-Mourão, defendendo a soberania popular como a premissa básica da democracia. (Site do PT, 3 de junho de 2020)

O documento, prolixo, contém 54 tópicos, dentre os quais aqui destaco dois:

"11. É fato que vivemos num mundo de problemas globais, para os quais o capitalismo não tem solução, sendo na mais das vezes a causa. Mas, para derrotar o capitalismo, será forçoso um duro confronto entre classes e entre Estados, em escala nacional, regional e mundial. Mesmo moribundo, o capitalismo não morrerá de morte natural, incruenta, indolor.

29. Torna-se decisivo um programa de desenvolvimento e democratização cujo paradigma não seria o retorno à Nova República, mas uma nova ordem constitucional. Um programa que tenha como um de seus eixos a integração regional latino-americana e caribenha, convertendo nossa região em um dos polos, inclusive industrial e tecnológico, de uma nova ordem mundial."

Resumindo, segundo essa tendência do PT, o capitalismo está moribundo e a democracia brasileira precisa de um novo paradigma. Nos moldes da Venezuela chavista.

Dá para encarar?

LVIII.

Curioso nessa discussão é perceber a posição do bolsonarismo raiz. Nesse momento em que escrevo, seus líderes denunciam o "golpe" desfechado pelo STF contra Bolsonaro. Cabeças-de-rede importantes, que funcionam como ativistas-ideólogos, a exemplo de Oswaldo Eustáquio, preso naquele processo do STF contra as *fakenews*, acusam o Supremo de comandar um "estado de exceção da esquerda".

Seria uma "ditadura do Judiciário".

"O STF persegue o bolsonarismo", acusa o "economista"-jornalista Rodrigo Constantino, importante apoiador do governo na rede. A prisão de ativistas que atiraram fogos de artifício contra o STF seria o exemplo desse acossamento da Corte contra o governo do capitão-presidente. Prisioneiros políticos, são assim chamados os detentos liderados por uma moça chamada Sara Winter.

Por que o STF manda prender somente os nossos e nunca proibiram o MST e os ativistas da esquerda radical de agredirem a democracia, perguntam os bolsonaristas. É verdade. Houve sempre grande leniência da Justiça para com as estripulias, igualmente criminosas, realizadas pela esquerda.

Terroristas ou pseudo-revolucionários merecem a força da lei, pouco importa a ideologia de sua causa.

LIX.

Os bolsonaristas denunciaram a prisão de Fabrício Queiroz como um capítulo dessa onda persecutória contra o governo federal. Encontrado escondido em uma chácara no município de Atibaia, o ex-policial militar é acusado de falcatruas a mando do senador Flávio Bolsonaro. Ao denunciarem um "complô" contra o capitão-presidente, forçam a barra, é claro.

Claro está, e cada vez mais, que o capitão-presidente e seus filhos se relacionam organicamente com milícias cariocas. Nunca é fácil provar tais relações, que, por natureza, ocorrem nos subterrâneos da sociedade.

Durante toda sua vida parlamentar Bolsonaro esteve próximo dessa gente armada e violenta, que faz justiça com as próprias mãos. Tendo ele assumido a presidência da República e tendo ensinado, de forma competente, a carreira política aos três filhos, passaram a compor o núcleo do poder.

Jamais se saberá o quanto a família estava ligada a esse lado torpe da política. Sinto, porém, como tantos, pelo que temos visto mais recentemente, que muita sujeira está escondida debaixo desse tapete bolsonarista. Dá até medo de pensar.

Milicianos são perigosos.

LX.

A eleição de Jair Bolsonaro não aconteceu por acaso. Ela espelha exatamente o fracasso da democracia brasileira.

Não houve, propriamente, uma alternância do poder, como nos EUA, na Inglaterra e na França normalmente ocorre. Ressaltada como uma característica essencial da democracia, governos de "direita" sucedem governos de "esquerda", num movimento político que revigora o sistema representativo. Não foi isso que aconteceu aqui.

Nem a esquerda que estava no poder era uma esquerda moderna, e sim corrupta, nem a direita que venceu é uma direita liberal, e sim autoritária.

Assistimos no Brasil à passagem da desgraça para a desgrama.

A degeneração do sistema político como um todo chegou ao extremo de a população preferir escolher uma pessoa sem nenhuma experiência, despreparada mesmo, para a presidência da República. O fato dele ser um militar ajudou, e muito, pois a bagunça e a roubalheira estavam em um nível insuportável.

Pelo menos não é ladrão. Nem falso. Assim argumentaram muitos, entre eles, eu.

Mas a realidade é tão cruel, as circunstâncias tão perniciosas, os erros e azares tão proeminentes que Bolsonaro se mostrou uma decepção total. Parece que ele não entendeu que vencer uma eleição não é a mesma coisa que governar um país. Bolsonaro assumiu a Presidência da República e continua até hoje a destratar jornalistas.

LXI.

No primeiro ano, como é normal, o eleitorado ainda faz poucas cobranças. A economia ameaçava deslanchar, o Congresso precisava se acomodar, a opinião pública fica mais tolerante, de forma que todos sobreviveram sem muito brilho nem grandes percalços. Mas quando chegou o malfadado ano de 2020, trazendo os ventos revoltos da epidemia de Coronavírus que se espalhava pelo mundo, Bolsonaro tremeu nas bases.

Acostumado a duelar contra tudo e contra todos, destemido, ousou enfrentar a comunidade científica e as recomendações epidemiológicas globais, tomando para si a briga contra a Covid-19.

Um capitão do Exército teimou em vencer, sozinho, o mais perigoso vírus que apavorou a civilização.

Como numa briga de moleque, cuspiu no chão e xingou:

— Sua gripezinha de merda.

Era 20 de março de 2020. A epidemia se alastrava. Governadores e prefeitos começaram a tomar as medidas de isolamento social, visando "achatar" a curva de contaminações. O colapso dos sistemas de saúde público e privado apavorava os médicos, incluindo o ministro da Saúde, Henrique Mandetta. Assim como víamos acontecer nos demais países, da Europa principalmente, a economia do país iria parar. Seria um duplo e terrível sofrimento para a população.

Tudo piorava, e Bolsonaro continuava frio e insensível, verdadeiramente desumano frente ao sofrimento de milhares de pessoas, entre os quais os enfermeiros e demais profissionais da saúde. O capitão-presidente enfrentou sua maior batalha como um covarde, acusando seus adversários políticos de tencionarem sua desgraça, quando a desgraça acometia a nação.

O Coronavírus levou Bolsonaro a cometer suicídio político.

LXII.

Jair Bolsonaro protagonizou um fenômeno político jamais visto. Jogou fora, em pouco mais de um ano, a chance de mudar, eventualmente liderar, uma nação cansada da mentirada e enojada da roubalheira.

O treino militar de sua mente pouco lhe serviu para enfrentar a paranoia que lhe destruiu os miolos. Junto, moeu sua reputação.

Ele via como inimigos próprios, particulares, aqueles que lutavam contra a tragédia do Coronavírus. Ele não estava de todo errado quando clamava pelos empregos que seriam perdidos, pelas famílias que ficariam sem renda, pelos remédios que pareciam curar, pelo aproveitamento político da crise contra seu governo.

A história não o perdoará, porém, pelas suas atitudes insanas durante o pesadelo da maior pandemia da humanidade. Mostrou-se um líder desalmado, frívolo. Bolsonaro não mostrou piedade de seu povo.

Lobão, irado, disse que Bolsonaro se revelou um facínora. Exagero, mas compreensível.

LXIII.

Chegamos ao fundo do poço.

Somente não enxerga o fracasso da democracia no Brasil quem está acostumado, acomodado, ou, pior, comprometido com o sistema político atual, dele tirando suas vantagens. É duro dizer isso, mas não adianta esconder o fato de que, por se transformar em um grande negócio, a política suja despertou o interesse de muita gente que dela tira proveito. E ganha dinheiro fácil.

Não é segredo para ninguém que o sistema político corrupto movimenta boa parte da economia.

Há, porém, muita gente inocente e bondosa nessa história, pessoas idealistas que ainda guardam no coração o sonho da sociedade igualitária, típico daquela geração, que é a minha, que acreditava na justiça social a partir da conquista das liberdades democráticas. Quem sofreu na ditadura preza a liberdade, mesmo que esta esteja maculada pela perversidade da democracia atual.

Fora os utópicos, existem também os que permaneceram afastados, quietos, querendo distância da política. Talvez sejam a maioria. Assemelham-se àqueles que Bertold Brecht chamou de analfabetos políticos, que não ouvem, nem falam, nem participam dos acontecimentos. Isentaram-se.

Todos esses pertencem ao grupo dos honestos. Nem todos se corromperam.

LXIV.

As novas gerações não têm ideia do que foi o regime militar no Brasil, tampouco sabem da Guerra Fria ou da queda do muro de Berlim. A juventude que nasceu e cresceu na sociedade globalizada e competitiva da era tecnológica, em sua grande maioria, odeia a política e se expressa, independentemente dos partidos, pelas redes sociais.

É outra *vibe*.

Eu divido essa categoria social em dois grupos: um pertencente à elite da sociedade, incluindo os estudantes universitários, jornalistas e artistas, professores e estudiosos; e outro formado pelos jovens da massa, do bairro, da periferia.

No primeiro grupo, daqueles que participam do meio intelectualizado e rico, existe um grande debate que envolve a democracia e o fascismo, o temor do autoritarismo e do militarismo, o liberalismo, ou a privatização versus o estatismo. Muitos militam nos partidos de esquerda, outros mais recentemente se organizaram em movimentos de direita como o MBL.

É importante a participação desses jovens no debate político. Mas, esse é o ponto, ele interessa à elite da sociedade. A juventude popular, gente mais simples, não está nem aí para essas elucubrações.

Para estes, interessa saber sobre suas oportunidades de emprego e de ocupação, sobre a melhoria das condições de vida, o transporte, a saúde, a segurança pública, a profissionalização, o mercado de trabalho, novas oportunidades. Querem vencer na vida, ser mais bem sucedidos do que seus pais.

Pergunto: o que a democracia atual, corrompida e desacreditada, oferece para eles?

Nada.

LXV.

Não me alegra contar essa história. Ela me entristece. Dói falar sobre as frustrações que vivenciei no processo da redemocratização brasileira. É desconfortante, quase angustiante, colocar o dedo nas feridas da democracia brasileira. Tomei coragem, respirei fundo para falar a verdade. Nua e crua.

O problema não se restringe a Bolsonaro.

Vem de longe essa degeneração da democracia brasileira. Grandes líderes, mesmo que honestos e corretos, ao longo da história foram coniventes, permitiram que o mal crescesse e se apoderasse da democracia, contaminando-a. Empresários do bem cederam ao encanto do ganho fácil, curvando-se à corrupção organizada.

Bem que alguns de nós tentamos nos opor à essa derrocada da moral e da ética política. Mas não tivemos chance. Não fomos ouvidos. Fomos pequenos frente ao tamanho do problema. Mesmo quando vencemos uma querela, as consequências foram quase nenhuma.

Eu estive lá. Mas reconheço que nada mudou nas equações políticas por minha ação.

LXVI.

O progresso de uma nação ou a felicidade de um povo não se medem somente pela equação política. Nas democracias maduras, como no presidencialismo norte-americano ou no parlamentarismo francês, grande parte da população não se interessa pelas eleições. A elevada abstenção do voto, não sendo este obrigatório, indica desinteresse ou rejeição pela política.

Metade da população não acredita nos políticos.

Pouco importa quem vença, nada mudará substancialmente. Assim pensam os eleitores absenteístas dos países ricos. Para essas pessoas, a sua prosperidade depende de seu próprio esforço, das iniciativas que toma, das oportunidades que aproveita. Sim, claro, existem as forças econômicas, os fundamentos macroeconômicos, as expectativas da sociedade. Vale mais, porém, a meritocracia. E o mundo está globalizado. Se não estiver bom por aqui, atravesso a fronteira.

No Brasil, curiosamente, e de forma espetacular, mesmo dando tropicões e levando inesperados tombos, a vida de boa parte da população continuou seguindo em frente enquanto a democracia fracassava. Nem o descrédito nem a corrupção política obstruíram sua progressão. As pessoas vivem mais, têm mais saúde, usufruem da tecnologia, consomem, estudam, planejam.

Nesse sentido, de certa forma, nos aproximamos dos países ricos, onde o sistema político não faz muita diferença sobre o modo de vida.

Democracia, tanto faz.

LXVII.

Esse fato, de a prosperidade existir em meio ao caos político, leva alguns ao argumento de que a democracia tem um "custo". O custo seria medido pelo gigantismo e ineficiência da máquina pública, pelas despesas legislativas ou partidárias ou até mesmo pela corrupção. É o preço que pagamos pela liberdade democrática, preço embutido nos mercados conduzidos pela livre iniciativa.

Preço da ineficiência da democracia.

É aceitável pagar esse preço, desde que existissem limites toleráveis, como aqueles que vemos nas nações avançadas. Os parlamentos funcionam como colchão nas crises mais agudas, mediando-as, amainando-as pela negociação política. Isso custa.

A grande diferença é que, no Brasil, os políticos corruptos estouraram todos os limites da decência. Grassou a impunidade, que favoreceu a ousadia dos malandros. A corrupção se tornou sistêmica, qual uma doença incurável.

Até chegar a Operação Lava Jato, poderia se dizer. É verdade. Mas sei não.

Outra diferença com as nações ricas está na pobreza. Os segmentos pobres, majoritários no Brasil, não conseguem se encaixar nos mercados dinâmicos. Esses estratos da população mais necessitada e menos instruída dependem, em boa medida, das ações públicas, que custam muito caro em seus bolsos.

Eles pagam o preço do fracasso da democracia brasileira.

LXVIII.

Não tenho ideia de como sairemos dessa enrascada na qual nos metemos após 35 anos de Nova República. Haverá novo impeachment, desta vez de Bolsonaro? Seria certo cassar a chapa inteira, tirando também o general Mourão do páreo? Vem aí um golpe, de quem?

Ou o capitão-presidente, fazendo acordos, espúrios que sejam, no Congresso, manterá aos trancos e barrancos seu mandato até o final?

Será que em 2022 teremos que novamente escolher entre o pior e o menos ruim, Bolsonaro de um lado, Lula ou seu poste do outro, cenário ideal de quem aposta na polarização ideológica?

Ou surgirão candidatos renovadores, sensatos, conscientes, que representem um desejo de pacificação e desenvolvimento equilibrado da nação?

Isentão ou solução?

Mais ainda. Será necessário modificar a Constituição para melhor equilibrar os poderes da República? Ou apenas com uma boa reforma política, que, por exemplo, elimine dois terços dos partidos atuais e estabeleça novas regras, dá para consertar o presidencialismo tal como o vemos hoje, aprisionado pelo Congresso Nacional?

Eu não tenho resposta a nenhuma dessas perguntas. Nem tenho certeza de qual dos caminhos que elas apontam seja o melhor para o Brasil.

Juro que não.

LXIX.

Seria Sergio Moro um bom candidato para renovar o sistema político e revigorar a democracia brasileira?

Pode ser que sim. Destemido o ex-juiz é, credencial tem, respeito no eleitorado também. Sua inocência política, porém, pode limitá-lo. Talvez, para contorná-la, ele se cerque de experientes parlamentares, como Roberto Freire, Aldo Rebelo, a própria Marina, sei lá mais quem, para navegar nos mares revoltos do Congresso. Tenho dúvidas de que, cheio de cacoetes da velha política, seriam bons conselheiros. Pelo menos, acalmo-me, são honestos.

Quem mais existe como alternativa, João Doria?

Talvez. Creio, porém, que a marca de sua desastrada passagem pela prefeitura paulistana seja indelével em sua biografia. Para mim, é. Eu nunca acreditei tanto em um candidato que seria diferente dos demais quanto naquele "João Trabalhador". Realmente, o cara foi uma sensação. Para depois se desmentir, vestindo a pior faceta dos políticos: daqueles que não têm palavra.

Luciano Huck vem aí?

É uma bela novidade. Traz a sensibilidade dos bons comunicadores populares, tem berço. Sua pretensão, porém, pode estar sendo moldada pela celebridade do artista, algo muito distante do carisma de um líder político. Uma metamorfose seria necessária para o projeto dar certo.

Eu não arrisco o que acontecerá em 2022.

LXX.

O mundo não vai acabar devido ao fracasso da democracia brasileira. Nem o Brasil se afundará, como temos visto acontecer na Venezuela em função dos equívocos políticos de seu povo. Nosso país tem riquezas — recursos naturais, gente, conhecimento — que se sobrepõem às "perdas" impostas pela corrupção e pela ineficiência política.

A Alemanha sobreviveu ao nazismo, a Itália sobrepujou o fascismo, a Europa Oriental venceu o comunismo soviético. A Turquia deu marcha-a-ré na democracia, na Arábia Saudita a monarquia continua matando opositores. O Vietnã se enriquece dominado pelo comunismo. Na África do Sul a democracia racial impera há 26 anos. Por onde se olha, cada caso é um caso.

Que lições poderemos tirar da história do fracasso da democracia no Brasil?

Muitas, certamente. Em minha opinião, há que se resolver um gargalo para o país se afirmar como uma nação superior: as carências na educação do povo. Nossas escolas estão abandonadas; os professores, desmotivados; os alunos, rebeldes.

A péssima educação é a tragédia das tragédias do Brasil.

Verdade seja dita. O esquerdismo petista ajudou a afundar a verdadeira educação fundamental, contando com a ajuda dos governadores dos estados. O chamado método Paulo Freire e sua ferramenta da "progressão continuada" enfraqueceu o rigor do ensino, desmoralizando a sala de aula. A teoria era bela; a prática, atroz.

Ideologia não combina com boa educação.

LXXI.

O desastroso desempenho de Jair Bolsonaro na Presidência da República trouxe uma certeza ao país: nem a esquerda corrupta nem a direita troglodita servem ao futuro da nação verde-amarela.

Dessa repulsa surgiu um movimento independente dos dois polos, identificado na rede como "antibolsopetismo". A expressão — que gerou várias *hashtags* — expressa a revolta contra essa política intolerante e odiosa que se assemelha na esquerda e na direita radicais.

No cotidiano da vida sabemos, pois vem do senso comum, que o amor e o ódio se atraem. É incrível verificar essa paradoxal identidade entre as práticas políticas da esquerda corrupta com essa direita nefasta. Ambas são autoritárias, ignorantes.

O problema não é ideológico.

Direita, esquerda, centro, de lado, em frente, liberal, conservador, social-democrata, progressistas, retrógrados, tanto faz. Todas as tendências políticas e os comportamentos culturais apresentam vantagens e desvantagens, agradam a uns e não a outros. Servem a um determinado momento, não se encaixam em outro.

Acima das ideologias se situam os valores morais e éticos. Quem acredita na verdadeira política deve ser comprometido com o bem comum. E o bem comum tem duas caras: DECÊNCIA e TOLERÂNCIA.

SEGUNDA PARTE

COMO FUI PERCEBENDO O FRACASSO DA DEMOCRACIA NO BRASIL

1.

BOLSONARO CAIU NA MÃO DOS CAMALEÕES DA POLÍTICA

Poder360, 13 de maio de 2020

"Jair Bolsonaro precisa demitir os 11 ministros do STF. Se não o fizer, cai." O terrível, e maluco, vaticínio foi feito por Roberto Jefferson, personagem peculiar da política brasileira.

Meio sumido desde que andou preso, protagonista do mensalão, Bob Jefferson reapareceu com a tocha acesa graças à recente aproximação de Bolsonaro com o Centrão. Virou líder da tropa de choque que defende com unhas e dentes o governo.

Curioso é que ele cumpriu o mesmo papel, há 20 anos, no governo Collor. Naquela época, enquanto diziam caçar marajás do serviço público, locupletavam-se na corrupção. Durante o processo de impeachment, Bob bradava, espumando de raiva. Nada adiantou.

Perdeu, mas não caiu. Com a eleição de Fernando Henrique Cardoso, Bob Jefferson passou a apoiar firmemente o governo tucano. Defendeu o Plano Real e combateu ferozmente o PT. Dono de excelente discurso irônico, emparedava a esquerda.

Quando mudou o governo, eis que Bob Jefferson aparece de mãos dadas com Lula. Sim, com Lula. E feliz da vida passeava com Zé Dirceu. Incrível. Rapidinho colocou seu partido, o PTB, na base do governo vermelho. Parecia amigo de infância do PT.

Surpreendentemente, porém, ele denuncia a existência do esquema de compra de votos no Congresso. Estourou o mensalão. Cassado pela Câmara dos Deputados, tomou sete anos de prisão pelo Supremo Tribunal Federal.

Adoecido por grave moléstia, afastou-se uns anos, ficando distante do período Dilma e Temer. Voltou à ativa nas eleições presidenciais de 2018, quando fez de tudo para eleger... Geraldo Alckmin. Não vingou. Recolheu-se.

Aguardou como um sábio o momento do retorno. Num certeiro golpe, empunhou uma metralhadora para se alinhar com Jair Bolsonaro. Logo de cara, passou a acusar FHC de gênio do mal.

Este é Bob Jefferson. O ex-deputado faz parte de um time especial, super capacitado, de políticos que adula e serve ao poder — e dele se serve — qualquer que seja o titular na cadeira do Planalto. São os camaleões profissionais da política nacional. Não se trata de baixo clero. São pesos pesados, foram ministros ou os indicaram.

Entra governo, sai governo, e eles estão lá. Pouco importa a ideologia, esquerda ou direita, tanto faz o partido ou o programa. Isso é o de menos: importante é estar ao lado do governo federal. E dele, óbvio, beneficiar-se. Em nome, claro, do povo.

Os camaleões da política viraram uma receita inequívoca de sucesso. Esta é a desgraça da política brasileira, o pecado original da República instalada após a Constituição de 1988. Uns o denominaram de presidencialismo de coalização, outros, de cooptação. Por mim, mais apropriado seria: presidencialismo de corrupção.

Sinceramente, eu acreditava que Bolsonaro, logo ao montar seu governo, escaparia dessa cilada montada no Congresso. Afinal, ele viveu lá longos 28 anos. Conhece as virtudes e a podridão existentes naquela Casa. Bastaria ter negociado, claramente, com os grandes partidos, com eles compondo, abertamente, espaços do poder. Mas não.

Mal tomou posse, partiu para a porrada. Pouco se importou com apoios sociais, políticos ou institucionais. Bateu, como nunca ninguém o fez, na mídia televisiva e na imprensa escrita. Agradou, é verdade, ao seu exército. Elevou perigosamente, porém, o número de inimigos.

Resumindo: Bolsonaro não entendeu, ou não aceitou, que vencer uma eleição é diferente de governar uma nação. Aos trancos e barrancos, durante um ano foi temperando a esperança do brasileiro acreditando, talvez, que a economia fosse sua âncora firme. Até que chegou a pandemia.

Acuado pela política e transtornado pelo Coronavírus, Bolsonaro viu aumentarem as encrencas contra si. Perdeu capital político, erodiu sua imagem. Tudo piorou. Daí recorreu ao Centrão, fazendo acordos por debaixo do pano, preocupado em salvar sua pele. Caiu na mão dos camaleões.

Não consigo imaginar o final dessa história. Talvez Roberto Jefferson o saiba.

2.

BRASIL DARÁ SALTO DE QUALIDADE EM 2020

Poder 360, 1° de janeiro de 2020

Ano novo sempre começa com esperança. Desejos pessoais, sonhos, promessas misturam-se com a realidade. Todos aguardam melhoria de vida.

Fora as ilusões, os fatos indicam que neste 2020 que se inicia realmente o Brasil dará um salto de qualidade. Na economia, na política e na sociedade. O passado não deixará saudades.

Indicadores econômicos atestam que a perversa crise gerada nos anos irresponsáveis de Dilma Rousseff está superada. Reconheça-se: Michel Temer cumpriu um papel essencial nessa retomada do crescimento. Com ele se inverteu a curva da desgraça.

Faltava o salto da credibilidade, agora conquistada com a gestão de Paulo Guedes na economia. Sim, o Congresso ajudou, aprovando a reforma da Previdência e outras coisas mais. Ninguém, todavia, pode retirar do ministro Guedes o protagonismo desse processo.

No comércio, na indústria e na construção civil, notícias positivas chegam de todos os ramos, garantindo que empregos e renda crescerão de forma sustentável nas cidades. Nada é pior que a desocupação.

A agropecuária, que tem carregado o país nas costas nestes anos difíceis, continuará assegurando o vigor no campo. E, lá no interior, quando a roça se anima, as cidades se movimentam. Tudo vende mais.

O Brasil estará mais seguro em 2020. Caem fortemente, e surpreendentemente, os índices de criminalidade. Nunca se apreendeu tanta droga, leve ou pesada. Cessaram as invasões de terras. Bandidos foram contidos. Salafrários, em geral, sucumbiram.

Difícil não creditar ao juiz Sergio Moro tais realizações. Sua luta contra a corrupção, desde a Lava Jato, simboliza a nova cara da justiça e da segurança pública no Brasil. Política vive de símbolos: o ministro Moro simboliza a decência.

Na logística, obras aguardadas há anos começaram a sair do papel; no comércio exterior, acordos negociados há décadas se concretizaram. Tais ações práticas indicam que o governo voltou a funcionar. Só isso. Tudo isso.

Podem falar o que quiser, torcer a boca e pigarrear, gostar ou desgostar, mas o grande responsável pela retomada da esperança brasileira se chama Jair Bolsonaro. O Planalto comanda a reorganização do Estado nacional. É mais que governar.

Houve uma mudança de paradigma da política nacional. Desde a redemocratização, quem mandou no país foram os social-democratas, liderados pelo moderado PSDB e, depois, pelo radical PT. Intervencionistas ou estatizantes, marxistas ou terceiro-mundistas, católicos ou ateus, várias matizes ideológicas de esquerda exerceram, com maior ou menor sucesso, seu poderio.

Só que o sistema político descambou para a roubalheira generalizada. Pior. Organizada, sistêmica. O conluio entre o público e o privado gerou uma doença nojenta que carcomeu e destruiu as instituições. A esquerda apodreceu na corrupção.

Mais que virar uma página, Bolsonaro abriu um novo livro da democracia brasileira. Claramente alinhado à direita do espectro ideológico, embora militar, assumiu a visão liberal do Estado. Privatizar o que for possível, acabar com esdrúxulos regulamentos, retirar privilégios encastelados, abrir a economia.

A questão, óbvio, não se resume ao modelo econômico. Bolsonaro rompeu com a pauta dita progressista do politicamente correto. Enfrenta, sem medo, quase se divertindo, o globalismo ambiental, promove a "guerra cultural". Defende a família cristã. E invoca Deus.

Bolsonaro faz tudo diferente, quase ao contrário, de seus antecessores. Por isso deixa atônitos os analistas tradicionais da política. Formados, regra geral, na escola do marxismo histórico, tais críticos não compreendem, sofrem por dentro com o presidente-capitão que está dando certo.

Existem dificuldades, claro, percalços se vislumbram. Tem o STF, o Centrão, a velha mídia. Aliados, brigam mais entre si que contra a oposição. As eleições municipais causarão turbulência. Nada grave.

A retomada do desenvolvimento aglutinará forças políticas a favor do governo. Há outras vantagens. Sopram ventos favoráveis de várias partes do mundo. O pós-capitalismo parece preferir a liberalidade ao estatismo.

Mais importante: existe uma curva de aprendizado no poder. Jair Bolsonaro e boa parte de sua equipe assumiram como novatos o mando de governo. Aprenderam lições.

Há exatamente um ano, muitos escreveram ou falaram, temerosos, que um "fascista" no poder iria desgraçar a nação. Puro ranço. Transcorrido 2019, o Brasil está mais próspero, mais feliz, mais esperançoso.

Feliz 2020 para todos!

3.

INEXISTE DEMOCRACIA DE PENSAMENTO ÚNICO

Folha de S. Paulo, 12 de janeiro de 2020

O Brasil progrediu em 2019. Indicadores o provam. Mais empregos, vendas em alta, queda de juros, equilíbrio nas contas públicas, grau de credibilidade, investimentos. Tudo melhorou na economia. Nas cidades e no campo.

Houve, também, avanços na segurança pública, com queda significativa da criminalidade. Surpreendeu quem dizia que a violência explodiria. Houve recorde na apreensão de drogas, ações de inteligência contra quadrilhas. O ministro Sergio Moro (Justiça) manda bem.

Há boas notícias no horizonte. Serão passageiras, isoladas? Não parece. Sente-se nas ruas, como vimos no final de ano, um suspiro de esperança sobre o futuro. Após anos de crise, chegou a hora da virada. Tomara.

É difícil avaliar um governo com isenção. Eu mesmo sou parte interessada. Desde as eleições de 2018 rompi com o PSDB para apoiar Jair Bolsonaro. Decidi ajudar a derrotar o sistema que corrompera os partidos e a democracia brasileira.

Passado um ano de governo, não me arrependo de nada. Naquilo que se pode mensurar, como a economia, a agropecuária e a segurança pública, os dados positivos são claros. Mantenho-me animado. Nada, objetivamente, piorou no Brasil.

Isso, porém, não é tudo. Há razões idealistas, subjetivas, e obviamente controversas que gostaria de destacar nessa atual fase da política nacional. Agradam-me três questões.

Primeiro, o governo do presidente Jair Bolsonaro desmantelou o aparelhamento do Estado organizado pela quadrilha vermelha e por seus comparsas. Não falo apenas dos cargos de confiança ou da manipulação nos fundos de pensão das estatais. Era a mais profunda roubalheira, dissimulada em convênios espúrios com a "sociedade civil", tipo MST.

Segundo, a proposta liberalizante do governo, encabeçada pelo ministro da Economia, Paulo Guedes, promove fortes mudanças na gestão pública. Centenas de controles burocráticos foram eliminados, favorecendo a liberdade econômica. Em nome da proteção da indústria nacional erigiu-se um capitalismo de privilégios no Brasil. Vantagens tributárias e fiscais começam a ser desmanteladas, abertura da economia se processa. A regra é privatizar, vender tudo o que seja possível.

Terceiro, ao mudar o polo ideológico, da esquerda para a direita, as ideias progressistas se submetem agora à contraposição conservadora. É polêmico, mas sensacional. Inexiste democracia de pensamento único.

O Brasil estava precisando chacoalhar a mesmice do debate nacional. Vivíamos um cerco do politicamente correto, uma espécie de patrulha ideológica que impunha à sociedade, tão diversa, concordar sobre temas delicados ligados à sexualidade, à cultura, aos costumes.

Bolsonaro se fortaleceu porque dá voz a quem estava amuado, muitas vezes ofendido, pelas causas contemporâneas.

Ao exigir o respeito à família cristã, atacar o tal globalismo, brigar com ambientalistas e pregar o patriotismo, ele provoca a inteligência política do país.

A polarização pode se acirrar. Pode. Não me refiro, porém, a essa estupidez da guerra digital das redes sociais. Penso na intelectualidade, na imprensa, nos formadores de opinião. Certos temas, importantes, andam carecendo, há tempos, de maior elaboração, de reflexões críticas.

Desmantelamento da política ambiental? Agronegócio envenenando o mundo? Índios sendo massacrados? Cultura em perigo? A educação acabou?

O raciocínio banal tem impedido o debate sadio e responsável sobre as políticas públicas, de caráter liberal, propostas pelo governo Bolsonaro. Continuar a dizer, como alguns o fazem, que houve "regressão" beira a desonestidade. Típico choro de derrotado.

Ora, Bolsonaro venceu as eleições prometendo, exatamente, mudar "tudo que está aí". Recriminá-lo agora por propor modificar a ação do governo significa defender a mentira na política. Lula era especialista nisso. Deu no que deu.

É cedo para uma avaliação mais precisa sobre esse modo liberal de governo no Brasil. O estilo boxeador de Jair Bolsonaro às vezes ajuda — e outras, atrapalha — a compreensão correta de suas propostas. E ainda existem os filhos, o Congresso, o centrão, o Supremo...

Não será fácil consertar o Brasil.

4.

A PETULÂNCIA DE LULA E ZÉ DIRCEU

Poder360, 13 de novembro de 2019

A petulância de Lula e Zé Dirceu, exposta logo ao saírem da prisão, mostrou a deformidade de suas mentes malignas. Surpreenderam-me totalmente, pois pensei que seriam circunspectos, maliciosos, ao deixar o xilindró. Confesso que senti medo.

Lula pisou para fora atirando contra Sergio Moro, atacando o "lado podre" da Polícia Federal, do Ministério Público, da Receita. Só poupou, óbvio, o STF. Gilmar Mendes, de quem já falara horrores por considerar seu pior algoz, virou seu maior herói.

Zé Dirceu, o estrategista-mor, mal deixou as grades e já foi esclarecendo que o objetivo, agora, é retomar o governo. E firmou o DNA puro-sangue da tropa: "nós somos petistas, de esquerda, e socialistas".

Pobre socialismo: com Fourier nasceu utópico, passou a histórico com Marx, tornou-se sanguinário com Stalin, e finalmente se depravou com a esquerda lulopetista e latino--americana. Acabou refúgio de bandidos.

Aprendi na vida que existem dois tipos de criminosos: aqueles que, por ira, esquentam a cabeça e cometem delitos, matam pessoas, queimam casas; e aqueles calculistas, frios, que premeditam maldades, organizam assassinatos.

Os primeiros se arrependem, confessam sua culpa, desculpam-se por seus atos insanos; os segundos jamais reconhecem seus delitos, nunca assumem sua crueldade nem sentem remorso. Aqueles são mortais comuns, pecadores; estes sentem-se deuses, imortais.

Lula poderia deixar as grades assentindo, humildemente, que errou. Que em nome do poder permitiu aos companheiros, todos juntos, excederem-se em seus atos, desaguando no assalto escancarado aos cofres públicos.

Talvez Lula fosse perdoado se explicasse que foram tomados por uma espécie de cachaça coletiva, um torpor ideológico, levando-os da teoria da libertação aos demônios da corrupção. Aí, sem freios nem pruridos, mergulhados naquela lambança, caíram na sedução dos poderosos e se empolgaram com os charutos dos magnatas, os jatinhos dos Slims, os Romanée-Conti dos empreiteiros, ficaram amigos dos Gedeis, dos Cunhas...

Pode ser que Lula recebesse o beneplácito se fizesse uma autocrítica, qualquer que fosse. Mas não. A prisão tornou Lula e José Dirceu obcecados, como se tivessem cursado uma pós-graduação da safadeza. Quietos, meditaram em como aprimorar a sacanagem, mais "bolsas-família" para distrair o povo e poderem se locupletar em paz.

Ou teriam Lula e Zé Dirceu tido um desvario, uma alegria incontida que os retirou da realidade? Pode ser. Quando Lula declara que "meu coração só tem espaço para o amor, porque é o amor que vai vencer neste país", pode ele ser lavado a sério, estaria ele lúcido? Farsante?

Talvez tenha sido melhor assim. Mostraram sua cara. Ao dispararem sua metralhadora, deixaram claro a essência de sua maldade. Quem estava em dúvida, política ou existencial, por ter apoiado Jair Bolsonaro se resolveu. PT nunca mais.

Veremos o desenrolar dos fatos. Poderá aumentar a violência entre as tribos mais aguerridas e intolerantes da esquerda e da direita. Tomara que não.

Poderão, noutro cenário, dissipar-se as nuvens negras da tempestade lulista, e o país, paradoxalmente, rechaçar a violência. Ao tonitruar do trovão sempre segue a calmaria.

5.

O DISCURSO DE BOLSONARO NA ONU

Poder360, 25 de setembro de 2019

Analisar um discurso é igual interpretar uma realidade ou uma obra de arte: depende do olhar. Para os críticos, Bolsonaro decepcionou; para os admiradores, o presidente encantou. Como ser objetivo, e não subjetivo, nessa avaliação?

Minha tentativa se apega à escrita. Relendo com calma o discurso, separei 20 colocações feitas pelo presidente do Brasil na abertura da Assembleia Geral da ONU. Aglutinei-as em três temas.

Sobre economia:

1. Estamos adotando políticas que nos aproximem de países que se desenvolveram e consolidaram suas democracias. Não pode haver liberdade política sem que haja também liberdade econômica. E vice-versa;
2. O livre mercado, as concessões e as privatizações já se fazem presentes hoje no Brasil. A economia está reagindo, ao romper os vícios e amarras de quase duas

décadas de irresponsabilidade fiscal, aparelhamento do Estado e corrupção generalizada;

3. Estamos abrindo a economia e nos integrando às cadeias globais de valor. Em apenas oito meses concluímos os dois maiores acordos comerciais da história do país, firmados entre o Mercosul e a União Europeia e entre o Mercosul e a Área Europeia de Livre Comércio (EFTA);
4. Estamos prontos para iniciar nosso processo de adesão à Organização para a Cooperação e Desenvolvimento Econômico (OCDE). Já estamos adiantados, adotando as práticas mundiais mais elevadas em todo os terrenos, desde a regulação financeira até a proteção ambiental.

Sobre meio ambiente, Amazônia e indígenas:

5. Nossa política é de tolerância zero para com a criminalidade, aí incluídos os crimes ambientais;
6. É uma falácia dizer que a Amazônia é patrimônio da humanidade e um equívoco, como atestam os cientistas, afirmar que a nossa floresta é o pulmão do mundo;
7. A visão de um líder indígena não representa a de todos os índios brasileiros. Muitas vezes alguns desses líderes são usados como peça de manobra por governos estrangeiros;
8. Infelizmente, algumas pessoas de dentro e de fora do Brasil apoiadas em ONGs, teimam em tratar e manter nossos índios como verdadeiros homens das cavernas;
9. O Brasil agora tem um presidente que se preocupa com aqueles que lá estavam antes da chegada dos portugueses. O índio não quer ser latifundiário pobre em cima de terras ricas;
10. O mundo necessita ser alimentado. A França e a Alemanha, por exemplo, usam mais de 50% de seus

territórios para a agricultura, já o Brasil usa apenas 8% de terras para a produção de alimentos. E 61% do nosso território é preservado;

11. Qualquer iniciativa de ajuda ou apoio à preservação da Floresta Amazônica ou de outros biomas deve ser tratada em pleno respeito à soberania brasileira.

Sobre democracia, política e cidadania:

12. O Brasil reafirma seu compromisso intransigente com os mais altos padrões de direitos humanos, com a defesa da democracia e da liberdade de expressão, religiosa e de imprensa;
13. Há pouco, presidentes que me antecederam desviaram centenas de bilhões de dólares comprando parte da mídia e do Parlamento, tudo por um projeto de poder absoluto;
14. Foram julgados e punidos graças ao patriotismo, perseverança e coragem de um juiz que é símbolo no meu país, o dr. Sergio Moro, nosso atual ministro da Justiça e Segurança Pública;
15. O Brasil que represento é um país que está se reerguendo, revigorando parcerias e reconquistando sua confiança política;
16. Durante as últimas décadas, deixamo-nos seduzir, sem perceber, por sistemas ideológicos de pensamento que não buscavam a verdade;
17. A ideologia se instalou no terreno da cultura, da educação e da mídia, dominando meios de comunicação, universidades e escolas. A ideologia invadiu nossos lares para investir contra a célula *mater* de qualquer sociedade saudável, a família;

18. O politicamente correto passou a dominar o debate público para expulsar a racionalidade e substituí-la pela manipulação, pela repetição de clichês e pelas palavras de ordem;
19. Nas questões do clima, da democracia, dos direitos humanos, da igualdade de direitos e deveres entre homens e mulheres, e em tantas outras, tudo o que precisamos é isto: contemplar a verdade;
20. O Brasil vem trabalhando para reconquistar a confiança do mundo, diminuindo o desemprego, a violência e o risco para os negócios por meio da desburocratização, da desregulamentação e, em especial, pelo exemplo.

Aqui está o conteúdo básico, tirando algumas adjetivações. Aposto que, sem visão pré-concebida, o discurso de Bolsonaro agrada à grande maioria dos brasileiros. Basta ler e verificar a coerência com os propósitos que o conduziram ao Planalto.

Sendo assim, fica, então, a dúvida: por que jornalistas e analistas políticos foram tão ácidos em seus comentários sobre o discurso de Bolsonaro na ONU?

Resposta: simplesmente pelo fato de Bolsonaro ter sido genuíno, verdadeiro em sua fala. Queriam que ele se transmutasse, ensaboasse-se pela diplomacia. Mas não. Ele reafirmou, e o fez com altivez, as razões políticas de sua vitória. Do seu jeito.

Esse é o ponto-chave. Bolsonaro tem orgulho em representar a ruptura da velha ordem política no Brasil. Bolsonaro não dissimula nem tergiversa. Ele assume ser o aríete dessa mudança. Ele age como se recebesse uma missão divina.

Quando jornalistas escrevem, desaprovando, que Bolsonaro "falou apenas para seu público", esquecem-se que o público dele representa a maioria da nação. Não me refiro apenas aos ferrenhos bolsonaristas.

Gente como eu, que o apoiou para evitar o retorno do PT ao poder, dele espera exatamente isso: que reafirme, na ONU e alhures, que o Brasil se cansou daquela sua política velhaca, que valoriza a figuração para esconder a malandragem.

Menos importa, neste momento, as bravatas ideológicas e culturais. Decência na vida pública é o que manda agora. Botar a casa em ordem, enfrentar a desgraça que desmoralizou nossa democracia.

Bolsonaro não foi eleito pela sua simpatia. Nós queremos coerência. Vimos isso na ONU. A Assembleia Geral se calou ouvindo o presidente do Brasil dizer, com todas as letras, que nossa bandeira voltou a ser verde-amarela.

E a honestidade tomou conta da República. O resto, vemos depois.

6.

GOLDMAN MORREU LUTANDO CONTRA O EMBUSTE NA POLÍTICA

Poder360, 4 de setembro de 2019

Cravei em Alberto Goldman meu primeiro voto para deputado estadual. Foi nas eleições de 1974. Embora proscrito, o Partido Comunista Brasileiro (PCB), que o amparava, dava as cartas no movimento estudantil da Esalq/USP, em Piracicaba.

Lembrei-me daquela época após participar do velório na Assembleia Legislativa de São Paulo. Eu me dava bem com Goldman, falecido aos 81 anos neste domingo (1º /9/2019). Admirava-o pela sensatez, gostava de vê-lo, engenheiro que era, criticando projetos que não saíam do papel.

Voltei para casa entristecido e permaneci reflexivo. Parecia que um fantasma me atormentava, como que a revirar um passado que eu preferia esquecer. O que levou minha geração universitária, naqueles idos de 1970, a simpatizar com o comunismo?

Até hoje, tanto tempo passado, busco respostas para essa minha dúvida existencial. Havia, claro, aquele encanto, típico dos jovens, pela utopia da sociedade igualitária. Na teoria marxista, era belo e justo o socialismo.

Na prática, porém, desde o relatório Kruschev (1956) se sabia que o horror comandava a União Soviética. Em nome da "causa operária", Stalin despachava os dissidentes para o pelotão ou para os campos de concentração. Arquipélago Gulag.

Era contraditório, quase insano, defender a democracia apoiando um regime totalitário. Acontece que nós, estudantes, pouco sabíamos dessa cruel realidade. A desinformação sobre a cortina de ferro nos mantinha iludidos, defendendo como idiotas um sistema que negava nosso ideal libertário. Não me perdoo por essa roubada.

Por que nossos líderes não nos contaram a verdade? Por que acreditamos naqueles que diziam tudo ser "invenção do imperialismo norte-americano"? Como pudemos justificar a "ditadura do proletariado"?

A doutrinação esquerdista não afetou apenas a política. Todo o nosso conhecimento sobre a realidade agrária vinha de historiadores marxistas — Caio Prado Junior, Nelson Werneck Sodré, Alberto Passos Guimarães — que enxergavam a sociedade sob a égide da luta de classes.

O viés ideológico obscurecia nossas mentes, impedindo-nos de entender, ao certo, a dinâmica da modernização tecnológica do campo. Na apresentação de meu livro *Novo Mundo Rural* (Editora Unesp, 2015), escrito em coautoria com Zander Navarro, fizemos um *mea culpa*. Esclarecemos como e por que abandonamos as antigas teorias marxistas.

Sinto, honestamente, certa vergonha do proselitismo esquerdista que orientou o início de minha carreira. Relendo minhas primeiras obras, como o livro *Questão Agrária e Ecologia* (Brasiliense, 1982), tenho vontade de dizer, parodiando abertamente FHC: esqueçam parte daquilo que escrevi.

Quando o mundo assistiu à queda do muro de Berlim (1989), escancarada ficou a ruína do paradigma comunista. Chegara ao final o período da Guerra Fria que tanto afetou a formação política, intelectual e moral de minha geração.

Naqueles tempos, numa tarde, olhei para minha biblioteca e resolvi me livrar de centenas de livros. Não vi sentido algum em doá-los. Joguei-os na lata do lixo, destinados à reciclagem. Precisava, na verdade, reciclar minha cabeça.

O tempo passou. Em 1999, tomei posse junto com Alberto Goldman na Câmara dos Deputados. Ambos havíamos sido eleitos pelo PSDB. Passei a conviver ao lado de meu herói da época estudantil. O comunista virara social-democrata.

Ao me despedir de Alberto Goldman fiquei pensando no que restara dessa história. Quando, ano passado, deixei o PSDB para apoiar Jair Bolsonaro, ele me puxou as orelhas. Mas era astuto. Sabia que a podridão política chegara ao limite.

Esquerda ou direita, menos importa. Mais vale a decência na vida pública. Goldman era um homem correto. Morreu lutando contra o embuste na política.

7.

AO CRITICAR BOLSONARO, MACRON E MERKEL AGIRAM COMO VENTRÍLOQUOS POLÍTICOS

Poder360, 3 de julho de 2019

Ao atirar pedras em Jair Bolsonaro, Angela Merkel e Emmanuel Macron simplesmente agiram para agradar sua própria torcida. Tanto é que gritaram, mas depois assinaram mansamente o acordo Mercosul-União Europeia.

A chanceler da Alemanha estava aflita com a recente vitória do Partido Verde nas eleições do Parlamento Europeu. Sua coalizão de governo tomou uma surra nas urnas. Vendo a legenda ambientalista alemã ameaçar sua liderança política, bradou pela Amazônia. Demagogia deslavada.

Na França, semanas antes, reunidos em Metz, os ministros do Meio Ambiente do G7 haviam levantado a bola da proteção da biodiversidade, na defesa do clima. Os termômetros registravam uma onda de calor jamais vista na Europa.

Quando Macron viajou para Osaka, na reunião do G7, deixou a população francesa sofrendo com o recorde de 45,1°C, apontado em Villevieille, no sul do país. Para aliviar a culpa dos países desenvolvidos no aquecimento global, atacou o Brasil.

Ao darem um pito público no presidente brasileiro, Macron e Merkel agiram como ventríloquos políticos. Triste foi ver as manchetes jornalísticas tupiniquins caírem como bocó nesse jogo do poder.

Sendo objetivo, meio ambiente nada teve a ver com o acordo Mercosul-União Europeia. Entrou apenas dos prolegômenos. As difíceis negociações, envolvendo inúmeros setores da economia e de serviços, são puramente comerciais. *Business* na veia.

Agora a França diz que ainda não está pronta para assinar o acordo. Conversa fiada. Acontece que os agricultores franceses se irritaram, morrendo de medo da concorrência brasileira. Macron os enfrentou, agradando a cidade: "o Brasil se comprometeu com o Acordo de Paris e na luta pela biodiversidade." Tudo dissimulação.

Merkel não abriu mais a boca. Os alemães parecem estar mais satisfeitos que os franceses com o acordo comercial. Agricultura conta menos na Alemanha. Seus automóveis, produtos químicos e farmacêuticos ganharão, notoriamente, mercados do Mercosul.

Nesse jogo da diplomacia mundial, conforme ficou explícito nesses dias, o maior problema do Brasil passou a ser a bola nas costas. Nossos competidores externos se aliaram com inimigos internos para denegrir o Brasil.

Bradar que nossos alimentos estão carregados de agrotóxicos não é apenas uma mentira deslavada. É uma campanha política contra o governo, que muito agrada aos interesses comerciais dos europeus.

É verdade que nunca se autorizou tantos defensivos agrícolas no país: foram 239 novos produtos em 2019. Todos, porém, com uma exceção, representam novas formulações de princípios ativos já registrados há anos. Nada piorou.

Inexiste qualquer correlação entre a chegada desses agrotóxicos "genéricos" no mercado e o (suposto) maior consumo de pesticidas no campo. Mais provável é o agricultor substituir um produto antigo por um recente, mais eficiente. E menos tóxico.

Repete-se que o Brasil é o maior consumidor mundial de agrotóxicos. Em termos absolutos, é verdade. Em termos relativos, porém, quando se divide o volume de agrotóxicos pelos hectares cultivados, o Brasil (1,2 kg/ha) fica abaixo da Alemanha (1,9 kg/ha) e da França (2,4 kg/ha). O campeão passa a ser o Japão (11,8 kg/ha).

Nada resiste à boa informação.

8.

TROPA MALUCA AGE COMO SE SOMENTE A ELA BOLSONARO DEVESSE VITÓRIA

Poder360, 22 de maio de 2019

Tivemos dias difíceis. Jair Bolsonaro dedica-se a enfrentar sua tropa digital, uma direita maluca que sonha em fechar o Congresso e o STF. Ideia fascista.

Prepotentes, esses bolsonaristas radicais segregam quem não compartilha suas teses infantis. Chega a ser engraçado: os novos salvadores da Pátria supõem pelo Twitter comandar um país. É muita "viajação".

Ferinos, espalham discórdias entre generais, parlamentares e formadores de opinião. Agem na rede como se somente a eles Bolsonaro devesse sua vitória eleitoral. Esse é o ponto.

Vamos recapitular. É comum dizer que Jair Bolsonaro venceu contra tudo e contra todos. Faz certo sentido: ele não tinha estrutura partidária, nem dinheiro, nem tempo de TV, nem apoios políticos.

Ninguém, todavia, vence sozinho. Pelo menos oito razões o levaram ao Planalto:

1. A falência do sistema político construído após 1988, desmoralizado pelo clientelismo e pela falsidade moral;

2. A Operação Lava Jato, que atacou o cerne da corrupção sistêmica, instalada no poder pela quadrilha da aliança PT/PMDB;
3. A rejeição ao PT e o temor do retorno de Lula e de sua malandragem ao governo;
4. O sentimento de insegurança pública existente na sociedade, causada pelo despreparo do Estado no combate à criminalidade.
5. Segmentos religiosos, evangélicos especialmente, reagindo contra a desagregação da família e dos costumes cristãos;
6. Movimento do agronegócio no interior do país, em defesa da produção e da segurança jurídica no campo;
7. Estratégia de marketing digital, capaz de superar deficiências da campanha eleitoral via mídia tradicional;
8. O ativismo da militância de direita, incluindo desde liberais até grupos fascistas, contrapostos à "esquerdização" da sociedade;

Fica fácil perceber que esse último fator, embora importante, não prepondera sobre os demais. Uma coalizão de interesses e uma avalanche de emoções explicam a vitória de Bolsonaro.

Mas aqueles militantes digitais não pensam assim. E desataram a patrulhar o próprio Bolsonaro e sua equipe, tencionando impedir negociações com o Congresso a favor da reforma da Previdência. Negociar, para eles, significa capitular à podridão.

Não necessariamente e nem sempre. Essa possibilidade, de fazer política sem corromper a democracia, é exatamente o maior trunfo de Bolsonaro. É agora que ele precisa mostrar seu valor, revigorando a República, jamais a aniquilando. Por certo, haverá custos. Paciência. Fazem parte do jogo democrático. Importa que prevaleça a decência.

9.

COMO FAZER POLÍTICA SEM ARTICULAR POLITICAMENTE?

Poder360, 27 de maio de 2019

A questão é: como destruir o Mecanismo perverso que domina a política do país? Ceder e avançar, ou enfrentar e arriscar perder? Onde está a sabedoria?

Postei ontem essa provocação no Twitter e aguardei a reação. Recebi, em menos de 24 horas, cerca de 700 respostas. A esmagadora maioria, formada por bolsonaristas, opinou pelo enfrentamento ao Congresso.

Suas postagens foram quase todas radicais, duras, autoritárias. Selecionei dez frases que melhor representam aqueles que preferem ver Bolsonaro partindo para a briga com Rodrigo Maia:

1. Chega de toma lá, dá cá.
2. Ou vai ou racha.
3. Lutar sempre, Deus no comando.
4. Enfrentar o *modus operandi* que sempre condenamos.
5. Não queremos mais do mesmo.

6. É agora ou nunca mais.
7. Ceder agora e virar refém para sempre.
8. Enfrentar e vencer essa corja.
9. Peitar para acabar com as negociatas.
10. Não dá para fazer o mesmo e esperar resultado diferente.

Essa amostra, colhida dos eleitores de Bolsonaro, mostra a dificuldade prática da "nova política" que se deseja implementar no país: como fazer política sem articular politicamente?

Parece jogo de palavras, mas não o é. Trata-se de um dilema contemporâneo que afeta a democracia representativa, devido, principalmente, à participação massiva dos eleitores nas redes sociais.

A eleição de Bolsonaro, sabidamente, ocorreu por fora do sistema político erigido após a redemocratização do país. Ele venceu sem partido, sem apoios políticos, sem tempo de televisão e contra a mídia tradicional.

Mesmo antes de sua vitória já se perguntava: será que Bolsonaro conseguirá governar?

A ampla renovação do Congresso Nacional parecia indicar que Bolsonaro construiria base política própria, alinhada com seus princípios de governo. Não se verificou.

Os deputados de primeiro mandato somam 243 entre 513 parlamentares (47,3%). Trazem a vantagem do novo; pagam, porém, o preço da inexperiência.

Os novatos gastam energia batendo cabeça ou brigando entre si numa Casa onde velhas raposas perderam sua cadeira, mas outras graúdas lá permaneceram. Idealismo existe, mas artimanhas são a regra na Câmara dos Deputados.

No Senado, somente oito congressistas se reelegeram, entre 54 vagas disputadas. Dos novos, todavia, quatro são ex-senadores antigos e 20 são velhos parlamentares que trocaram o tapete verde da Câmara pelo azul do Senado. Vossas Excelências são experientes e espertos.

Na montagem do governo se descobriu uma força essencial do novo poder republicano: os generais de Bolsonaro. Foram bem aceitos pela opinião pública, com a impressão de que fornecem consistência aos programas públicos. Estratégia garantida.

Militares no poder, democraticamente para lá conduzidos, podem realmente ser uma grande vantagem na gestão pública. Mas isso não assegura, como se observa, ganho político ao presidente da República no Congresso Nacional.

E a Justiça, bem, o Poder Judiciário no Brasil é aquilo que todos conhecemos. Infelizmente não guarda a fama de impoluto que deveria ter. Mete-se, ademais, em fazer política, brilhando nos holofotes; fraqueja, em decorrência, como guardião da ordem legal.

Essa é a matemática de risco que define a difícil equação política do presidente Bolsonaro. Como aprovar a reforma da Previdência e destravar os investimentos produtivos rumo ao desenvolvimento econômico? Como avançar no pacote formulado por Moro, necessário para enfrentar a corrupção e a criminalidade que enojam e apavoram a cidadania?

Aqueles, como eu, que apoiamos Bolsonaro para impedir o retorno da quadrilha vermelha ao poder, gostaríamos de ver essas duas propostas essenciais avançarem no Congresso. Está claro, porém, que tal feito somente se conseguirá com muito diálogo. Política, já se disse, é a arte de negociar.

Há como se fazer uma negociação política sadia, sem alimentar o Mecanismo da corrupção que alimenta a velha política?

Será a próxima pergunta que postarei na rede.

10.

IDEOLOGIA OU ECONOMIA? ESSE É O DILEMA DE BOLSONARO

Poder360, 13 de março de 2019

Passou o Carnaval. Agora vai esquentar a agenda política. Até então tudo era arremedo, perfumaria, aprendizado: do governo, da imprensa, do Congresso. Doravante, vai engrossar o caldo.

Faço seis observações sobre o momento político:

1. Jair Bolsonaro, nesse início de governo, não cedeu aos conchavos nem se encantou com o poder. Manteve seu jeito de ser. Simples, às vezes quase tosco, e curto, fala diretamente, sem rodeios. Ao contrário do padrão tradicional, amoldado ao sistema, ele se mostra e faz exatamente o que dizia na campanha. É inusitado, falsidade zero;
2. As posições expressas sobre temas delicados e a forma de comunicação de Jair Bolsonaro, desprezando a imprensa tradicional, chocam o establishment, mas agradam aos seus eleitores e, tudo indica, à população em geral. Seu

ativismo na rede desnuda o pensamento elitista, moralmente de esquerda, mostrando o outro lado da questão — o ponto de vista conservador, familiar, amordaçado pela patrulha do politicamente correto;

3. Percebe-se, entretanto, certo descasamento entre o debate nacional, enviesado pelas questões morais, e as reais necessidades do país, rumo ao seu futuro. Discutir a mijada ou o sexo das pessoas não é mais importante, na conjuntura atual, que articular a reativação da economia, única chance de gerar oportunidades e dar ocupação produtiva aos desempregados;
4. Através da reforma da Previdência, somada a outras ações governamentais, o país precisa recuperar a credibilidade da gestão pública e oferecer um ambiente seguro para investimentos. Fazendo isso, a economia aproveitará seu potencial de crescimento, entrando num ciclo virtuoso como não se vê há muito. Aumentará o bem-estar geral da sociedade;
5. O bolsonarismo típico, aquele da direita radical, patriótico, quase fascista, quer ver a derrota dos valores da esquerda petista, socialista, destruidora da moral familiar. Tudo bem. Mas o que importa mesmo para o povo é a reorganização do ambiente produtivo, a criação de valor econômico, o emprego e a renda. Não atrai, lá no fundão, esse papo de esquerda ou da direita; interessa progredir, ir para a frente;
6. Ideologia ou economia? Este difícil dilema caracteriza nosso momento político. E, notoriamente, afeta a estratégia do núcleo do novo governo. Sim, claro, ambas as questões são importantes e podem caminhar juntas na agenda de Jair Bolsonaro. Mas, se isso vier a ocorrer, dilui-se o foco da agenda de reformas econômicas

e dos marcos regulatórios. O debate moral pode atrapalhar, no Congresso, a aprovação do essencial, ligado ao desenvolvimento.

Disse certa vez Napoleão Bonaparte: "Nada é mais difícil e, portanto, tão precioso do que ser capaz de decidir". Chegou a hora de Jair Bolsonaro tomar decisões. E ele não tem o direito de errar.

11.

QUEM TEM MEDO DE GENERAL?

Poder360, 23 de janeiro de 2019

Com a primeira viagem de Jair Bolsonaro ao exterior, assumiu o comando do país o general Hamilton Mourão. Os militares voltaram ao poder. Pelo voto. Quem diria.

Nascido em Porto Alegre, mas descendente de amazônicos, o general Mourão, 65 anos, ingressou no Exército em 1972, cravando longa história nas Forças Armadas. Passou para a reserva há menos de um ano. E começou nova história, agora na política nacional.

Não se trata, propriamente, de um neófito. Embora estreante na vida partidária, o general Mourão sempre cultivou certo gosto pela política. Tornou-se conhecido nacionalmente ao criticar a bagunça do governo Dilma. Foi, por esta razão, perseguido.

Era outubro de 2015. Mourão fazia um discurso dirigido a oficiais, quando, ao tratar da crise política, falou mais alto: "é preciso despertar para a luta patriótica". Verde e amarelo contra o vermelho. Virou notícia nacional.

Quando Michel Temer caiu naquela armadilha do gravador, escandalizando a nação, o general Mourão apareceu novamente, esbravejando contra a corrupção. Dentro de uma Loja Maçônica, em Brasília, disse que, se o Judiciário não resolvesse o problema, "nós teremos que impor isso". Golpe militar?

Meu ponto é esse: os militares, agora no poder, representam uma ameaça à democracia brasileira?

Nada está, felizmente, indicando isso. Pelo contrário. Face à degradação moral da nossa democracia, vemos generais defendendo valores que haviam desaparecido da política.

Ao invés de conspirarem nos quartéis, tramando golpes, os generais participam ativa e abertamente do jogo democrático. Disputam cargos no ministério. Isso é sensacional.

A República está em alta com os militares. A situação é inusitada especialmente para aquela geração, como a minha, que viveu o período ditatorial e se acostumou a tratar militar como brucutu.

Naquela época, os militares eram sinônimos de autoritarismo, repressão, tortura. Hoje os militares são sinônimos de inteligência, sensatez, honestidade. Uma mudança e tanto.

Eu conheci um general extraordinário, Alberto Cardoso, nomeado chefe da Casa Militar de Fernando Henrique Cardoso. Trabalhando perto dele modifiquei totalmente minha visão sobre os militares e sua inserção na democracia. Sereno, culto, sua perspicácia era notável.

Noutro dia, participei de um evento organizado pelo PRTB, o partido de Mourão, na capital paulista. O general era a estrela da festa. Impressionou sua postura cordial, indo de mesa em mesa cumprimentar os convidados. Ao discursar, mostrou boa formação política. Impressiona.

Ninguém chega ao posto de general — ou aos equivalentes hierárquicos nas demais Forças Armadas — sem uma carreira brilhante. No passado, premiados generais eram os audazes combatentes de guerra, duros na queda, brutos no trato.

Isso mudou. Normalmente, agora se promovem os melhores alunos da classe, estudados na filosofia misturada com a engenharia. Mais. Todos servem um período no exterior, conhecem o mundo, dominam língua estrangeira. Preparadíssimos.

Para ser franco, os militares que assumiram o poder, democraticamente, parecem ser bem mais competentes que a maioria desses políticos fajutos que governam por aí. Ou não?

Certamente lhes falta o traquejo da política. Mas, convenhamos, nesse ponto, Jair Bolsonaro nada de braçada. Os generais garantem gestão responsável, o presidente-militar assegura experiência parlamentar.

Essa combinação, temperada pelo carisma de Sergio Moro e a inteligência de Paulo Guedes, levou-o a brilhar em Davos. Esse amálgama entre os militares e a política anima a economia brasileira.

Claro que tudo ainda é preliminar. O governo mal começou, o Congresso nem tomou posse. Muita água vai ainda passar por baixo dessa ponte.

Mas uma coisa é certa: o Brasil passou a valorizar mais seus militares, quadros talentosos que ficavam desperdiçados, esquecidos, ao passarem para a reserva.

Que os generais nos ajudem a encontrar a rota perdida do futuro.

12.

ANO NOVO ABRE NOVO CICLO NA DEMOCRACIA BRASILEIRA

Poder360, 23 de janeiro de 2019

Ano novo. Jair Bolsonaro inicia nova fase da democracia brasileira. Acaba a era da social-democracia, repartida entre PSDB e PT. Tudo será diferente.

Quanto tempo durará o ciclo político agora iniciado? Ninguém arrisca dizer.

A mudança não parece ocorrer apenas no mando de governo. Vem algo distinto por aí, na economia e na política. Forja-se, aqui e alhures, a democracia do século 21.

Após décadas de "desenvolvimentismo", o Brasil verá reduzir o poder do Estado, livrando agentes econômicos e sociais dos controles públicos. Conheceremos uma espécie de alforria regulatória. Adeus, esquerda.

Bolsonaro e seu guru econômico Paulo Guedes prometem mudar a essência. Mais que liberal — que é antigo —, atrelar o país ao mundo globalizado. Vai secar a teta do Tesouro onde mama o empresariado, urbano ou rural, ineficiente. Tomara.

Bolsonaro se elegeu por fora e contra o sistema político vigente. É como se nos EUA vencesse um candidato independente, nem democrata nem republicano. Bolsonaro é mais radical que Trump.

A análise mais fácil sobre Bolsonaro entende que sua vitória significa mera alternância de poder, típica das democracias republicanas. Nesse sentido, seria uma prova da vitalidade do sistema vigente. Pode ser.

Penso, modestamente, que algo mais sério estamos presenciando. Parece estar havendo uma ruptura no modelo democrático erigido desde o final da Segunda Guerra. Uma mudança de paradigma.

Indica estarmos galgando a um regime político que dispensa a mediação dos partidos e em que, graças à internet, seus líderes dialogam diretamente com o povo. E vice-versa. Qual democracia será essa?

Certos sabichões, pródigos da verve tradicional, dirão rapidamente que isso é bobagem, que logo tudo voltará ao "normal". São os mesmos que diziam que Bolsonaro tinha nenhuma chance de vencer. Erraram feio.

Vamos ser realistas: a democracia, tal como a conhecemos, está em crise, aqui e mundo afora.

Crise não significa piora. Significa, isso sim, evolução. Será distinta e superior a forma de os cidadãos decidirem sobre seu futuro comum.

Acaba o tempo daquela velha casta política que mandava em tudo e que, por isso, agora crescentemente sofre a ojeriza popular. A cidadania conectada nas redes quer distância dos controles partidários. Mais. Todos querem ser protagonistas.

Quanto tempo durará até chegarmos, como imagino, à democracia sem partidos?

Não sei. Nem creio que Bolsonaro seja seu principal formulador. Seu papel, corajoso e histórico, foi o de um aríete. Ele foi fundamental para arrebentar, aqui no Brasil, a velha ordem política.

Que venha o esperançoso 2019!

13.

SER DE DIREITA OU DE ESQUERDA, OU NENHUMA DELAS?

Poder360, 5 de dezembro de 2018

Li na revista *Veja* que Olavo de Carvalho, trazido como o "novo guru da direita", foi comunista em sua juventude. Acredito. Naquela época, anos 1970, a doutrinação ideológica era ferrenha.

Quase todos os universitários, eu entre eles, militavam na esquerda marxista.

Fomos, aos poucos, os não dogmáticos, caindo fora dessa roubada. Razões variadas explicam tal mudança de posição política. Começa pelo famoso discurso de Kruschev (1956), tardiamente aqui divulgado, mostrando as atrocidades do regime stalinista na União Soviética.

Depois, veio o *Arquipélago Gulag*, impactante livro de Alexander Soljenítsin, cuja edição em língua francesa saiu publicado em 1974. Preso e acusado de traição, o prêmio Nobel de literatura contava a triste história dos campos de concentração soviéticos.

Uma razão especial me afetou. Poucos sabem, mas Nikita Krushev era, como eu, engenheiro agrônomo. Quando soube, pelas palavras dele, que a coletivização forçada da agricultura soviética dizimou 10 milhões de camponeses, resolvi pular desse barco furado.

Coincidentemente, Mikhail Gorbatchov, que mais tarde estourou de vez o sistema soviético, também é engenheiro agrônomo. Defendia ele, assim, a liberdade de produção no campo, longe das burocráticas, ineficientes e corruptas cooperativas mantidas pelo Estado comunista.

A queda do muro de Berlim (1989) sepultou a era socialista. Nesse mesmo ano terminei meu doutorado na FGV/SP. Minha tese, intitulada *A Tragédia da Terra* (1989), esculhambava o modelo brasileiro de reforma agrária, implantado sem nenhum planejamento, puxado pelas invasões de terra do MST. Não tem como dar certo.

Meu pai, conservador, dizia que quando eu envelhecesse mudaria de opinião. Mais que a idade, a descoberta da verdade alterou meu pensamento. A história retirou o véu que escondia a maldade da utopia comunista.

Estranho, nesse processo político dos últimos 50 anos, não é quem mudou a cabeça, mas sim quem permaneceu parado no tempo, acreditando nas mesmas teses de antigamente.

Velhos comunas, obtusos, continuam achando que a luta de classes impera no mundo atual. Patético.

Pior ainda é ver certos jovens de hoje se seduzirem pelos ideais da sociedade coletivista. Bradam contra a "opressão capitalista", defendem Cuba, Coreia do Norte, Venezuela, como se o socialismo fosse o reino da liberdade e do progresso. Risível.

O século 21 não admite ser construído com as receitas ideológicas do século 20. Concepções antigas foram ultrapassadas pela sociedade tecnológica e conectada em rede. Essa nos trouxe uma maravilha: a transparência. Hoje sabemos tudo, sobre qualquer assunto.

Direita ou esquerda, ou nenhum deles? Cada qual tenha sua crença. Os muros a serem derrubados existem dentro de nós.

14.

LULA É UM TRAIDOR DA NOSSA DEMOCRACIA

Poder 360, 14 de novembro de 2018

Outubro de 2015. O caseiro Maradona manda notícias via e-mail: "Boa tarde morreu mais um pintinho essa noite e caiu dois gambá (sic) nas armadilhas". Lula leu e sorriu: pegamos os bichos fedidos.

Mal imaginava o ex-presidente que, pouco tempo depois, a Operação Lava Jato também o pegaria seguindo o fétido cheiro da malandragem.

Mensagens eletrônicas, objetos pessoais e fotografias, documentos e depoimentos provam à farta que Lula, proprietário real do sítio de Atibaia, ali fazia seu esconderijo.

Ao depor nesta quarta (14) para a juíza Gabriela Hardt, Lula dirá, como sempre, que não sabia de nada. Que lá no sítio de Atibaia ia de vez em quando convidado para tomar uns tragos, fumar um charuto, jogar conversa fora, essas besteiras.

Talvez nem se lembre daqueles pobres gambás.

Lula é a maior decepção da política brasileira, campeão mundial da desilusão de um povo sofrido.

Chefe da mais perigosa quadrilha que assaltou os cofres públicos da nação, ficará frente a frente com a Justiça e, com seu jeito peculiar, fará cara de perseguido, fingindo ser como os ingênuos pintinhos que criava no sítio de Atibaia.

Como pode ter Lula enganado a tantos e por tanto tempo? A dúvida me remeteu à releitura do livro *O que sei de Lula*, de autoria de José Nêumanne Pinto.

Lançado em 2011, logo após a eleição de Dilma Rousseff, a obra, recebida com certo temor por afrontar o poder central da República, passou a ser obrigatória. Seu autor, um visionário.

Baseado em fatos por ele presenciados Nêumanne desnuda a má índole de Lula, já notada, mas sempre dissimulada, desde as lutas operárias de São Bernardo do Campo.

Pelas palavras de Mário Chamie, ao evidenciar no prefácio a lucidez do jornalista em mostrar que "Lula, sobrepondo a tudo suas ambições pessoais, não vê limites éticos em manipular a boa-fé do povo que o cultua fervorosamente, na dócil embriaguez de sua ingenuidade e de sua inadvertida inocência".

Lendo novamente agora sua escrita, estando Lula na cadeia e prestes a sofrer sua segunda condenação, percebe-se claramente o certeiro vaticínio de Nêumanne: Lula nunca prestou, sempre foi um ilusionista da esquerda, um rei da esperteza política, que tomava cachaça com os operários e depois jantava com os patrões.

Era o que Nêumanne tentava dizer, quase gritando.

Mas a opinião pública, influenciada pelos bajuladores do petismo, incluindo os empresários aproveitadores das falcatruas, sempre relevou quem ousasse dizer verdades sobre o operário malandro.

Lula, a encarnação do povo, era um semideus. Até cair nas mãos do impoluto Sergio Moro.

Nós não sabemos o que foi feito dos dois gambás presos na armadilha do caseiro Maradona.

Sobre a história de Lula, porém, já conhecemos quase tudo. O capítulo deste seu novo depoimento judicial apenas comprovará: Lula é um traidor da nossa democracia. Deverá mofar na prisão.

15.

CHEGA DE BAIXARIA NO CAMPO DA DEMOCRACIA

Poder 360, 31 de outubro de 2018

Era 3 de novembro de 2014. As eleições mal haviam finalizado, e já tinha gente batendo bumbo pedindo o impeachment de Dilma. Achei esdrúxulo. Parecia uma canelada no futebol.

Critiquei o movimento, taxando-o de antidemocrático. Foi um perereco. Acusado de ser "esquerdopata", "petralha infiltrado", apanhei feio da militância de direita, que não aceitava a vitória do PT. Queriam ir imediatamente para a desforra.

Hoje, a situação se inverteu. Agora é o pessoal da esquerda radical que, derrotada, nega a vitória de Jair Bolsonaro. Em vídeo, Boulos anuncia que farão resistência nas ruas para "defender a democracia". É grotesco. Esses, que me elogiaram no passado por eu defender o mandato de Dilma, agora me xingam de fascista por ter apoiado Bolsonaro.

Utilizo meu caso pessoal para argumentar em defesa da democracia. Desiludido com a política, tornei-me equidistante da direita e da esquerda. Lixo-me atualmente para tal roupagem ideológica. O que importa, isso quero destacar, é o princípio que rege o Estado democrático de direito.

Você pode ser o que quiser, estar em qualquer partido, defender variadas causas, aplaudir quem seja, um valor supremo se impõe: o valor da democracia. Livre expressão de opinião, respeito ao desejo da maioria, garantia do direito das minorias.

É simples e fácil o enunciado básico da democracia: todo poder emana do povo. Difícil é ser, verdadeiramente, um democrata. Aceitar a derrota, fazer autocrítica, cumprimentar o vitorioso. Submeter-se ao voto, a mais potente arma da democracia.

Esse apelidado "terceiro tempo" eleitoral, repetido com sinal trocado neste ano de 2018, mostra que, por aqui, tanto a direita como a esquerda, em suas variações nervosas, padecem do mesmo mal: ambas são autoritárias.

Fingem apreciar as regras da democracia, mas no fundo gostariam mesmo, se pudessem, de tomar o poder pela força, impondo sua vontade à nação. Curioso é que, ambas aquelas ideologias, tencionam dar seu golpe em nome do povo. Sempre foi assim. O povo paga a conta das idiossincrasias despóticas.

Dizem ser a tolerância a mais simples e a mais difícil das virtudes. Nesse contexto político polarizado e conflituoso, facilitado pelas redes sociais, em que vivemos atualmente no Brasil, sobressai-se a beligerância. Aceitar o pensamento oposto, nem pensar. A ira amordaça a paz.

É muito preocupante. Veremos o andar da carruagem. Tudo indica tempos difíceis pela frente. Sinais positivos, porém, surgem. Haddad, inicialmente agressivo e descortês, recolheu-se ao seu lugar de perdedor, anunciando que voltará a lecionar na USP.

Bolsonaro, que esticou a corda quase ao limite, deu entrevistas mais conciliadoras, com a imprensa mostrando seu lado familiar e simplório. Desanuvia-se o horizonte.

Alternância de poder é um dos fundamentos da democracia. Muda o governo e altera-se a agenda da sociedade, permitindo a confrontação de ideias, projetos, propostas. Os que perdem, não gostam, resistem, acham que vai tudo dar errado. Os que vencem estão seguros de seu sucesso. Nesse embate, quando sadio, a sociedade sempre ganha.

Por 24 anos assistimos ao jogo político do azul contra o vermelho. Infelizmente, a contenda virou uma baixaria geral. No esporte da política, o cartão vermelho é dado pelo povo, livremente, nas urnas. Aconteceu.

Bolsonaro está montando seu time, com novas estratégias, dribles diferentes. Quem quiser participar, suba na arquibancada. Quem torce para outro time, fica em casa. O que não pode é dar pontapé, nem torcer contra o país. Chega de baixaria no campo da democracia.

16.

A METAMORFOSE DO PT

Poder360, 24 de outubro de 2018

Bolsonaro vence nas capitais do Nordeste, Haddad lidera no interior nordestino. O fato remete, com sinal trocado, à época da ditadura: a direita ganhava nos grotões, perdia nos grandes centros urbanos. Hoje inverteu-se a bússola da política.

Especialmente nas eleições majoritárias de 1974 e 1978, o regime militar viu a oposição crescer na opinião pública. Vivíamos, então, o bipartidarismo: pelo espectro ideológico da direita, defendendo o governo, operava a ARENA; na oposição de esquerda, pregando a volta da democracia, estava o MDB.

Eu comecei a fazer política, dentro do movimento estudantil, nesses tempos de chumbo, década de 1970. Aprendi que, quanto mais evoluída e bem informada a sociedade, mais ela tendia ao progressismo. Adotava o discurso da mudança.

Por outro lado, quanto mais atrasada e isolada estava, a sociedade defendia a situação. Era, por conseguinte, no interior empobrecido do país que a ARENA validava seu discurso em defesa do poder constituído. A direita, assim nós percebíamos, manipulava os pobres incautos.

Hoje, curiosamente, funciona ao contrário. O antigo território da direita, Nordeste principalmente, garante a força esquerdista de Lula/Haddad; já a modernidade brasileira, majoritária no Sul/Sudeste, coloca o direitista Bolsonaro na liderança.

A esquerda ficou retrógrada, ou a direita se avermelhou? Vem cá, o PT é de esquerda mesmo, ou virou uma força conservadora na sociedade?

Responder a esse enigma é essencial para entender a dinâmica dessas eleições de 2018. Eu afirmo, com convicção: a campanha de Haddad representa o retrovisor de nossa sociedade. O PT se coloca como esquerda, mas virou um partido obsoleto.

Apresento quatro argumentos em favor de minha opinião:

- O PT defende a carcomida estrutura do Estado brasileiro, banca velhas e desnecessárias empresas estatais, alia-se ao pior corporativismo, quer manter privilégios salariais. Apoia o intervencionismo público e condena o mercado capitalista. O PT não entende de economia globalizada;
- O PT professa uma ideologia antiga, típica da sociedade de classes, polarizada entre patrões e operários, ricos e pobres. Suas ideias marxistas são ultrapassadas, não se coadunam com a economia pós-industrial, da era tecnológica e digital, da sociedade complexa e empreendedora. O PT não gosta da meritocracia, detesta ver gente subir na vida pelo esforço próprio;
- O ideário do PT se coloca contra o avanço científico na engenharia genética, combate o moderno agronegócio e defende o campesinato rural. Valoriza a falsa ciência,

das terapias alternativas e exotéricas, em detrimento da medicina de ponta. O PT namora com o obscurantismo;

- O PT não promove a emancipação dos miseráveis, preferindo mantê-los aprisionados pelo favorecimento político. Antes se trocava votos por cestas básicas e água; agora se compra a consciência com Bolsa Família. No campo, o MST faz da reforma agrária um antro de poder, às custas da dependência dos assentados.

O PT sofreu uma metamorfose em sua trajetória. Nasceu pobre, ficou rico. Vendeu uma ilusão, galgou o poder, nele se locupletou, tornou-se anacrônico. A prova está dada nos resultados eleitorais. Vota em Haddad quem votava na ARENA. Vota no PT quem defende privilégios.

Falando em regalia, destaco certa contradição. Surgido no seio dos operários, o PT defende causas culturais próprias da fina flor pós-modernista. Quando seus militantes desfilam nus em frente às igrejas, ofendem as pessoas simples. Se isso é esquerda, o PT é elite.

As ideologias antigas, que amparavam as receitas socialistas ou capitalistas, andam, na verdade, esfarelando-se, mesclando-se, às vezes se invertendo. Ainda mais após a Lava Jato, moralidade tomou o lugar da ideologia. Esquerda virou sinônimo de corrupção.

Bolsonaro terá uma vitória consagradora neste próximo domingo (28/10/2018). Para entender seu sucesso, fica a dica: hoje em dia, mais importa ser "direito" que "direita".

17.

NÃO VEM DA IDEOLOGIA A FORÇA POLÍTICA DE BOLSONARO

Poder360, 17 de outubro de 2018

Perdoem-me os tradicionais analistas políticos: vocês continuam errando. A essência não reside mais na ideologia. Jair Bolsonaro vencerá as eleições porque encarnou o reclamo popular pela decência na vida pública. Daí brota sua grande força.

Esse velho costume em dividir o mundo entre esquerda e direita perdeu certo sentido na sociedade contemporânea, plena era digital. Repito meu argumento: embora grupos organizados, politizados e elitistas ainda orbitem naquela toada típica dos anos da Guerra Fria, novos dilemas movimentam hoje a opinião popular. No Brasil e no mundo.

O cientista político Fernando Limongi afirmou noutro dia, puxando-me as orelhas, que "está em jogo a barbárie". Juro, bom caipira que sou, que fico em dúvida sobre o conceito. Os gregos diziam que, fora eles próprios, civilizados, os demais povos eram bárbaros. Barbárie, para os romanos, vinha dos germânicos.

Quem acredita que Bolsonaro representa a barbárie se coloca no pedestal da sapiência. Lá no meu interior nós chamamos isso de pernóstico. Pessoas iluminadas, supostos intelectuais, julgam-se superiores a nós, mortais comuns, e nos rebaixam pela nossa ignorância. Como pode alguém apoiar a barbárie?

Desde as enormes e espontâneas manifestações de rua havidas em junho de 2013, sabíamos que fermentava no país uma insatisfação, difusa, contra o sistema político. Muitos quiseram compreender aqueles inusitados acontecimentos pelo crivo da esquerda x direita. Não conseguiram, até hoje, entender nada.

Foi nessa época que escutei Fernando Henrique Cardoso falar, pela primeira vez, em decência, referindo-se a um valor moral para capturar o momento político. As pessoas, jovens principalmente, estavam insatisfeitas, sem saber ao certo o porquê de suas angústias. Quebravam e queimavam em busca de respostas.

Vieram depois as eleições de 2014, protagonizadas por Aécio Neves e Dilma Rousseff. Avança a Lava Jato, vem o impeachment. Com a queda da petista, troca-se o comando da quadrilha. Mudava-se a cabeça, mas o poder carcomido continuava ereto. E o câncer da corrupção destruía a credibilidade da democracia.

Aí surgiu Jair Bolsonaro. Moralista e militar, defensor da ordem, apareceu no cenário gritando: vamos acabar com essa putaria em Brasília! Pronunciado na hora certa, seu discurso ecoou longe, atingindo o âmago do "mecanismo" que alimenta a corrupção, e que a todos comandava e seduzia. O capitão caiu na graça do povo e ganhou notoriedade.

Dizer que Bolsonaro é de direita é uma obviedade que pouco explica sua força política. Parte do seu eleitorado, claro, vem dessa vertente. Outro tanto, certamente, arregimenta-se pelo sentimento anti-PT. Boa maioria de seus apoiadores, porém, oriundos no fundão do interior e da periferia das cidades, move-se por um desejo ético: querem eleger alguém para moralizar a vida pública do país.

A eleição de Bolsonaro poderá significar o início da reconstrução da democracia, e não sua derrocada. O fato de alguns militares participarem da campanha, preparando programas de governo e que tais, ao invés de temor, causam-me satisfação, significa que os generais se expõem, aceitam as regras da democracia, dela participam. Fascismo zero.

Há riscos, sempre os há. Quem poderia imaginar que Lula, o maior líder operário do país, organizasse tamanho assalto aos cofres públicos, locupletando-se ao destroçar o poder público nacional? Qual risco seria maior, à nossa democracia, que a volta da quadrilha vermelha ao poder?

Socorro-me do filósofo José Arthur Giannotti. Ao finalizar uma recente entrevista onde comenta a provável vitória de Bolsonaro, o professor utiliza a pura dialética: "Agora desarrumou tudo. Que bom!"

Sensacional.

18.

A FÓRMULA DO SUCESSO DE BOLSONARO

Poder 360, 10 de outubro de 2018

Direita, direito e direto. Essa tríade conceitual caracteriza a biografia política de Jair Bolsonaro. Ser o anti-PT garantiu sua vitória eleitoral. A fórmula final, portanto, é esta: Bolsonaro = 3D — PT.

A questão, óbvio, não é matemática. Mas a linguagem das exatas ajuda a compreender um fenômeno simples que o raciocínio complexo, típico das ciências sociais, não está conseguindo explicar: afinal, por que Bolsonaro faz tanto sucesso?

Primeiro, o capitão expressa uma posição ideológica conservadora, combate a ideologia de gênero, defende a família como núcleo essencial da sociedade, propugna a força militar para enfrentar a criminalidade. Bolsonaro é um representante típico daquilo que se caracteriza como direita.

Nos costumes e na moral, diriam alguns, mais entendidos. Sim, porque na agenda econômica Bolsonaro já demonstrou várias vezes ter tendências estatizantes, o que tradicionalmente caracteriza a esquerda. Militares, em geral, não são muito liberais.

No século 21, quase 30 anos após a derrubada do muro de Berlim, em plena era digital, é ultrapassado reduzir o mundo entre esquerda e direita. Esse é o maior erro da análise política tradicional ao tentar explicar o fenômeno Bolsonaro.

Não é que desapareceram as ideologias. Residualmente e utopicamente elas permeiam muitos movimentos da sociedade. Outras preocupações, porém, sobressaem-se, particularmente na agenda brasileira. A decência é uma delas.

O próprio Bolsonaro diz que o taxam de misógino, homofóbico ou racista simplesmente porque não conseguem chamá-lo de corrupto. Faz sentido. Desde 1991, com sete mandatos na Câmara dos Deputados, nunca nem ninguém, antes ou agora, o acusou por safadeza. Bolsonaro é um homem direito.

Somente isso já o qualificaria nesse mar de malandragem que se transformou a política nacional. Bolsonaro desmente a máxima popular de que "todos os políticos são ladrões". Poucos jornalistas ou analistas perceberam ou destacaram o enorme valor eleitoral disso.

Em terceiro lugar, Bolsonaro é direto. Fala o que pensa, não floreia, não faz discurso cheio de trololó, não foge de assuntos difíceis. Essa linguagem franca, reprovada na política tradicional, onde se ensinava a tergiversar, vale ouro hoje nas redes sociais.

Bolsonaro não é *fake* dele próprio, como a maioria dos políticos. Quando você assiste a um vídeo dele, julga-o verdadeiro, sincero. Zero marketing. Não se compreende sua tremenda força política sem se atentar para essa característica de sua comunicação. Bolsonaro transmite coerência.

Direita, direito e direto: esses são os 3 Ds que catapultaram Bolsonaro. O modo de ser, a personalidade e o caráter pessoal são atributos desdenhados pela análise ideológica. Perde, por isso, o nexo com a realidade.

Falta, por fim, colocar o antipetismo na equação. O cacife de Bolsonaro cresceu porque ele encarnou a luta contra a quadrilha vermelha. Parte de seus votos vieram da repulsa a Lula e a seu ventríloquo de plantão. O "PT nunca mais" grudou no Bolsonaro.

Portanto, Bolsonaro = 3D — PT. Conforme queríamos demonstrar. CQD.

19.

XICO GRAZIANO: POR QUE VOTO EM BOLSONARO

Poder 360, 7 de outubro de 2018

O perverso pode mudar de aparência, mas não de hábitos. A moral da fábula *A gata e Afrodite*, de Esopo, faz lembrar Fernando Haddad. A falsidade do discurso dele afronta a inteligência.

O horror ao petismo é a primeira razão que me levou a votar em Jair Bolsonaro. O PT se transformou em sinônimo da mentira política. Se Lula é uma jararaca venenosa, Haddad é uma serpente traiçoeira. Finge-se de bom moço para disfarçar seu propósito: ser a ponta de lança do retorno da quadrilha vermelha ao poder.

Satanás se transfigura em anjo de luz (2 Coríntios, 11:14). Vem do apóstolo Paulo o alerta aos cristãos contra a dissimulação do mal. Que ninguém duvide: se o PT vencer, nosso país sucumbirá ao pior, a um esquerdismo raivoso, retrógrado e corrupto. Trevas se abaterão sobre nós.

A autenticidade de Jair Bolsonaro até assusta. O capitão exagera em sua sinceridade, fala o que pensa. Daí, paradoxalmente, da indignação bruta, brota sua força. Pode-se gostar ou não de suas ideias, mas ninguém o acusará de escondê-las. Bolsonaro é *fake* zero.

Somente uma catarse resolve a tragédia da política nacional. Essa é a segunda razão de meu voto. Bolsonaro é o candidato viável para derrubar essa podridão que domina a República. Sua eleição representará a purgação do "mecanismo", a ruptura do sistema infecto que impera na política brasileira.

Marina Silva e Amoedo também poderiam causar uma disrupção, mas não se mostraram competitivos. Ciro Gomes e Geraldo Alckmin, esses, se vencessem, continuariam alimentando as ratazanas da política. Nada mudaria.

Bolsonaro conhece bem a malandragem do Congresso Nacional. Ao enfrentá-la, não tem o direito de errar. Nada será fácil, pois sem maioria ninguém governa o Brasil. Agora, chega de trocar apoios por nacos da administração pública. Chega de cooptação. Colaboração é a palavra-chave para tirar o Brasil da lama.

Em terceiro lugar, votei em Bolsonaro levado por uma identificação de classe. Sou nascido em uma fazenda, engenheiro agrônomo, amo a agropecuária. Nós, produtores rurais, estamos cansados das esdrúxulas e maldosas agressões petistas ao agronegócio.

Segurança jurídica é um tema fundamental na agenda do agro. Nossas fazendas estão sendo assaltadas, terras invadidas pelos delinquentes do MST. Bolsonaro significa, na roça, uma reação à benevolência do Estado para com a bandidagem agrária. Ninguém quer mais violência, apenas a lei contra o esbulho.

Muitos me perguntam, desde quando anunciei minha saída do PSDB, se não temo o militarismo de Bolsonaro. Juro que não. Acredito na lealdade das Forças Armadas à Constituição, não vejo nenhuma possibilidade de golpearem. Os generais, junto conosco, propugnam a decência na vida pública.

Alguns acham que, com Bolsonaro, a democracia corre risco. Penso ao contrário. Nenhuma ameaça à democracia brasileira é maior que a volta do PT ao poder. Se instalaria aqui, em nome dos pobres e das minorias, uma ditadura disfarçada. Lobos vestidos de cordeiros.

Fascismo? Francamente, acho ridículo esse ranço ideológico. Não vivemos mais na época da Guerra Fria. O eventual governo de Bolsonaro será, certamente, mais rigoroso na defesa da ordem geral. Exigirá maior respeito às instituições, patriotismo. Acho normal.

Bolsonaro preza os valores da família, combate a ideologia de gênero, invoca Deus. É conservador isso? Sim. É daí? Ele que defenda seus ideais, eu não sou obrigado a concordar com ele. E, se eu porventura concordar, em nome do que alguém me recriminará? Soa despótico o patrulhamento exercido pelo "politicamente correto".

O homem é o homem e a sua circunstância. A máxima de Ortega y Gasset se aplica a Jair Bolsonaro; independentemente de seus predicados e defeitos, o destino o colocou, na hora certa, para livrar o Brasil de um pesadelo chamado Lula.

Tomara que vença.

20.

FAZER POLÍTICA SIGNIFICA TAMBÉM SONHAR

Poder 360, 3 de outubro de 2018

Decepcionado, desfiliei-me recentemente do PSDB. Sou agora um "sem-partido". Ganhei graus de liberdade para exercer minha cidadania política.

Entrei no PSDB quando de sua fundação, em 1988, pelas mãos do então senador Fernando Henrique Cardoso. Participei ativamente da organização partidária, militando em sua área de formação política. Bons tempos.

Éramos jovens, aguerridos e idealistas. Havíamos lutado contra o regime militar, defendendo as liberdades democráticas. Não comungávamos, porém, das ideias da esquerda radical. Acreditávamos que as mudanças necessárias para tornar o Brasil mais próspero e justo exigiam diálogo, não gritaria.

Fora razões doutrinárias, o PSDB surgiu também para romper com o esquema quercista, que na época passou a dominar o MDB. Mais que a ideologia, o que unia Franco Montoro, Mário Covas, José Richa e FHC era o horror às falcatruas e ao fisiologismo político.

Com FHC na Presidência da República e Mário Covas governando São Paulo, entre 1994 e 2002 o PSDB viveu sua fase de ouro. Dela participei como deputado federal (SP). Reformas estruturantes foram realizadas na economia e na sociedade. Cultivando a democracia, o Brasil retomou os trilhos do desenvolvimento.

O destino, porém, pregou-nos uma peça: Mário Covas, que certamente sucederia a FHC em 2002, faleceu. José Serra não se mostrou competitivo, e Lula venceu. Assim, o PT navegou na onda virtuosa trazida pela estabilização da economia. FHC plantou, Lula colheu.

O tempo passou, tudo mudou. Quando a economia global esfriou suas turbinas, a sociedade percebeu que havíamos perdido o bonde do progresso. Lula ofertara benesses populares emitindo notas promissórias contra o futuro. Ou seja, gastança sem lastro. Populismo puro.

Adentramos na era da desilusão política. Primeiro, o Mensalão; depois, a operação Lava Jato. O projeto vermelho no poder, alicerçado na cooptação do Congresso Nacional, fizera apodrecer todo o sistema partidário criado na Nova República. Desmoralizado, prostituído, entrou em falência.

O PSDB não soube se diferenciar nessa tragédia da democracia brasileira. Desgraçadamente auxiliou a encená-la. Conforme diria Sérgio Mota, apequenou-se. Perdeu o nexo com a sociedade, perdeu prestígio, perdeu identidade. Perdeu moral.

Sem um projeto maior de país para defender, conforme sempre defendeu FHC, suas lideranças passaram a brigar entre si. Nos últimos 15 anos, a luta pela hegemonia interna dominou a agenda tucana. É necessário botar o dedo na ferida: José Serra, Geraldo Alckmin e Aécio Neves, que se odeiam mutuamente, entraram num insano, eterno e surdo confronto que, ao envolver os quadros partidários, moeu a inteligência tucana.

Por essas e outras a social-democracia brasileira se desfigurou em sua história. Abandonou suas grandes causas e perdeu o rumo. A questão não é apenas nacional. Em Araras (SP), minha terra natal, o PSDB se guia por tudo aquilo que combatíamos no passado. Mais que frustrante, é repulsivo.

Desculpem-me meus amigos tucanos, mas senti asco quando Geraldo Alckmin fechou sua coligação eleitoral com notórios bandidos da política. Ganhou tempo de televisão, perdeu a bandeira da ética.

Esse pragmatismo da política, necessário em certo sentido, contém um terrível germe que, se não controlado, destrói as utopias. Fazer política significa também sonhar.

Infelizmente, essas eleições só nos trazem pesadelos.